孙犁最喜欢的藏书票
孙晓玲提供

耕堂文录十种

澹定集

孙犁

著

天津出版传媒集团

百花文艺出版社

图书在版编目（CIP）数据

澹定集 / 孙犁著. —天津：百花文艺出版社，
2012.5（2023.4 重印）
（耕堂文录十种）
ISBN 978-7-5306-6101-7

Ⅰ.①澹… Ⅱ.①孙… Ⅲ.①中国文学–当代文学–
作品综合集 Ⅳ.①I217.2

中国版本图书馆 CIP 数据核字(2012)第 091428 号

澹定集

DANDING JI

孙犁 著

出 版 人：薛印胜
责任编辑：徐福伟
封面设计：郭亚非 版式设计：郭亚红
出版发行：百花文艺出版社
地址：天津市和平区西康路 35 号 邮编：300051
电话传真：+86-22-23332651（发行部）
　　　　　+86-22-23332656（总编室）
　　　　　+86-22-23332478（邮购部）
网址：http://www.baihuawenyi.com
印刷：天津新华印务有限公司
开本：787 毫米×1092 毫米 1/32
字数：113 千字
印张：7.5
版次：2012 年 6 月第 1 版
印次：2023 年 4 月第 2 次印刷
定价：59.00 元

孙犁送给女儿晓玲的书法手迹，乃抄录自曾镇南为孙犁晚年十本小集所作的题诗，其中嵌入了这十本小集的全部书名

一九九五年

孙犁

一九六四年孙犁在天津南郊

東头有一个老汉，脸色不驾，傳作腰圆，
人们都叫他莱虎，真名倒被人忘记了。
卖莱为生，他从小就干这一行，共一天推車

到清泡河那此行菜园和村花萬菜，第二天
一早，又推上車子到南边的集市上去
卖，因为这边都比自于地較大田，青菜

缺嫩。

那时用的都是木輪馬光車推本車，
而穷上菜，就像一个沉的菜畦，
把這带菜的車推到路试把

一本水菜摊子

两条腿又开，用全力祚前
推，这时我已一身汗水，但从车前而犹硬想
的车比他推出花纸包好简快多的还不知道

他色衣尹的，那車子弄出連複的有菁焘

《菜虎》原稿手迹(一)

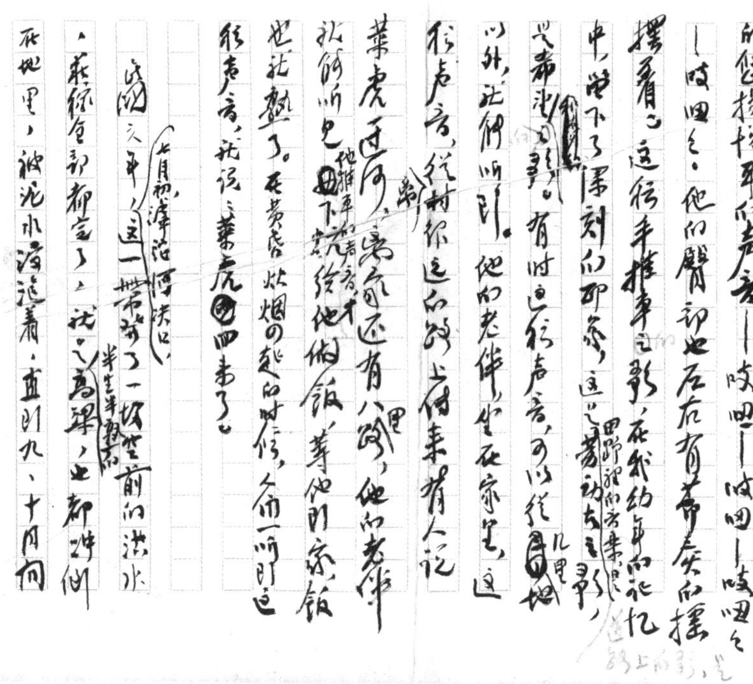

《菜虎》原稿手迹(二)

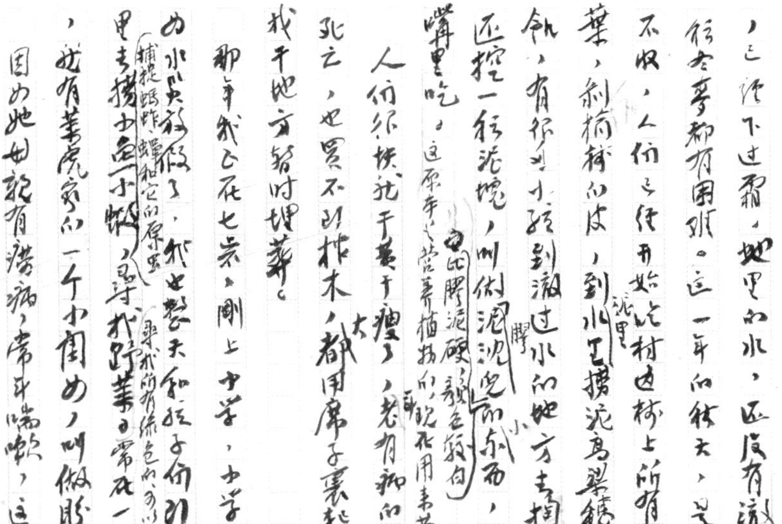

人，往往下过雨，地里的水，�足足有溢完，

行着草都有困难。这一年的秋天，芝颗粗

不收，人们之任开始把村边树上所有的枝

叶，剥掉树的皮，到水里捞泥为粪糠来充

饥，有那到小孩到溯过水的地方去掏地皮，

巴挖一行泥块，叫做泥光，而东西，放在

嘴里吃。这原来是营养植物的说花用来营养人。

人们饿饿死于荒于瘦了，老有新的不断，

死亡，也累不到排木，就用席子裹起，

找干地方暂时埋葬。

那年我已在七岁，刚上小学。小学里周

的水灰很脏了，那也整天和女伴引野地

里去挖野菜，常在一起的

，还有菜虎家的一千小闺女，叫做胖妞。这个小

闺女也很有捞捕，常年端碗，这个小

《菜虎》原稿手迹(三)

作为庚子年这一带义和团抗击洋人回失败
的报偿，外国人在往南八里地的栗里村
建立了一座教堂，但这个村死没有一家入教。
现在这些洋人也来说栗头里的，他们在这以后，
不久在栗里村就设了一座教堂。村里这
有不少人到那里去喝粥了。

又过了不久，传说菜虎一家死了教，又有
一天，也就四川家来对我记：
"菜虎家□围为送给了教堂主时
换上洋布衫不穿，也不愁饿死的心"
我当时听了很难过，问世范：
"还□四来啊？"
"人家记，北方带到天津去啥……"
"又又直到菜虎开家们，也没见过不小
四沙四家心

《菜虎》原稿手迹（五）

妈娘何事连，彼此不远透外国人，一共收留了多

少的姑娘，但我们这个村莱，确实就只有

她二千人。

莱虎他她们为病的老伴，也早死了。

现在本村上好看不到莱虎用的那帐子

车、离至也"我师不充那行靠背长传长托桩

单的声音了。就在的手推车，都换成了胶

皮轱辘，推动起来，已没有声了。

一九八○年九月廿八日晨

《莱虎》原稿手迹(六)

目 录

答吴泰昌问

(一)请谈谈生养您的环境和经历,是否有效地促使您成为一名作家,并在您的创作上留下怎样的印记?

你从我写的自传和一些回忆散文中,可以知道,我的家庭,我的少年经历,都是很平凡的。有一段时间,虽也有志于文学,但所得实在有限,不足以糊口,所以知难而退,到乡村教书去了。但是,从一九三七年的抗日开始,我经历了我们国家不同寻常的时代,这可以说是一个伟大的时代,我有幸当一名不太出色的战士和作家。这一时代,在我微薄的作品收获中,占了非常突出的地位。

(二)"当我写第一篇小说的时候"——这个题目您有兴趣谈谈吗?

我写的第一篇小说,发表在保定育德中学的校刊《育德月刊》上,时间大概是一九二九年。那确实是一篇小说,因为这个月刊的文艺编辑是我的国文老师谢采江先生，他对文体要求很严。记得一次他讲评我另一篇作文，我问他是否可以发表，他说月刊上只登短篇小说，这一篇是散文，不好用。但是那篇小说的题目我忘记了，内容记得是写一家盲人的不幸。我的作品，从同情和怜悯开始，这是值得自己纪念的。第二篇发表的是写一个女戏子的小说，也是写她的不幸的。

(三)您在《文学和生活的路》一文中说，伟大的作家都是伟大的人道主义者，如果把人道主义从文学中抽掉，那文学就没有什么东西了。请您更详细具体地说说文学与人道主义的关系，您理解的人道主义包含哪些具体内容，您是否认为有一种普遍的属于人类本性的人道主义？

所谓人性、人道，对于人类来说，应当是泛指的，是一种共性。人道主义，是一种广泛的道德观念，它是人类生活，人类文明，进化到一定阶段的产物。人类，由于共同生活的必需，产生和发展它的道德、伦理观念。这种观念在现实生活中的长久实施，以及牢固地存在于人类头脑之中，似乎可以形成一种有遗传能力的"染色体"。即使是幼小的孩童，从他们对善恶的判断和反应之中，可以看出这种观念的先天性。人道观念和其他道德观念一样，可以因后天的环境、教育、外界影响,得到丰富、加强,发扬光大;反之,也可以遭到破坏、减损,甚至消失。中国古代哲学家,从人类的进化和完善着眼,一贯把性善作为人的本性,肯定地提出。

事实是,决定人类道德观念的,是人类的社会组织、经济生活、政治宗教、法制教育。经济生活占其中主导地位。经济生活的破产,常常使道德沦丧。此外,异族统治、社会动乱、反动政治,也可以使道德低落。经济生活的富裕,文化教育的提高,则可以提高人类的道德。当然,这只是就其大体而言,道德之演进,如大江之行,回旋起伏,变化万端,激浊扬清,终归于进步。如异族统治,固使一部分人道德下降,但也激励另一部分人,使之上升。

文学艺术,除去给人美的感受外,它们都是人类社会的一种教育手段,即为了加强和发展人类的道德观念而存在。文学作品不只反映现实,而是要改善人类的道德观念,发扬一种理想。所以说,凡是伟大的作家,都是伟大的人道主义者。例如《红楼梦》,就是一部伟大的人道主义作品。它的主题,就是批判人性、解放人性、发扬人性之美。详见我写的《〈红楼梦〉杂说》。

(四)文学与自传的关系历来看法不一,很想听听您的意见?

当然,有很多文学作品,含有作者自传的性质,但不能说,一切作品都是作家的自传。作家创作方法的不同,也能区别自传成分的多寡。

我的作品单薄,自传的成分多。

(五)孙犁派(或叫荷花淀派)是公认的我国当代文学园地里一个有影响、有成就的文学流派,河北、天津一带许多作者的创作受您的影响,有意学习甚至模仿您的风格,但成功的似乎不多,这是为什么?请您顺此谈谈风格流派形成的要素与学习、创新等问题。

记者同志,你知道,我不会狂妄到以我那么浅薄的作品,这么一点点成就,就大言不惭地承认有了一个什么派。我一贯是反对"派性"的,当然这是学术。一些热情的同行们,愿意活跃一下学术空气,愿意爱好相同的同志们聚在一起热闹热闹。确实,我们冷清了很多年,也应该热闹热闹了。

同志们提出这样一个问题的心情,我是理解的。在文化大革命以前,有人提出这个问题时,我则极力制止过。现在情况不同了,我不愿给同志们泼冷水。但是,以我看,这个所谓流派,至少是目前还没有形成。将来能不能形成?

我看希望也不会很大的。

在中国的文学史上，以某一个人形成一个流派的史实很少。即使像李白、杜甫那样名垂千古的大作家，在当时也没有流派之说。唐诗无流派，而名家辈出，风格多样，诗坛繁荣。散文方面，唐宋八家，也是各自为战，未立门墙。"五四"以后，鲁迅先生及其他几位大作家，在文坛上，都是星斗悬天，风靡一代，也没听说哪一个曾有流派产生。虽也有时集会结社，但多为期不长，即行分化。在文学史上，当然有以地区命名的江西诗派，公安、竟陵以及桐城，这些流派，是以文学上的共同主张，文字上的共同习尚相标榜。它们的出现，对于当时文学发展，是向前推进呢，还是阻碍其前进？起扩张作用，还是起局限作用？如果只是形成一种类似的文体、文风，则其价值就有限了。唐无流派，而诗的成就那样大，明清多流派，而文章越来越猥琐卑弱。看来，中国人，不习惯流派，我们封建观念重，一有流派，即易被认为门户，而门户对内是局限，对外是隔阂。

至于说学习、影响，那是另一回事，与流派无关。任何事业，年轻的一代，总是要受前人的影响，或因为爱好，向某一位老的同行学习。文学究竟不同于演剧、绘画，即使是演剧、绘画，也要在同一流派之中，不断推陈出新，才能发展进步。在文学上，以一人之藩篱，囿自己之身手，虽中人不取，况作家乎？

风格的形成，包括两大要素，即时代的特征和作家的特征。时代特征的细节是：时代的思想主潮，时代的生活样式，时代的观念形态。作家特征的细节是：个人的生活经历，个人性格的特征，个人的艺术师承爱好。以上种种，都不是能强求一致，每个人都会有所不同的，所以说风格是不能模仿的。如只求其貌似，那只能对创作起束缚的作用。

文学的模仿，也是不可避免的，这只能说是学习阶段。应该很快从这种幼稚状态摆脱出来，发挥自己的特点，形成自己的风格。因此，我对一些初期好像学习我，后来离开我，另辟宽广途径的同志，总是抱鼓励的态度，并衷心感到高兴。任何事情，不能死心眼，抱住一个人或一种作品不放。我总是鼓励一些青年同志从我这里跳得更高一点，走得更远一点。这样才能使他们自己的作品，获得更多的生命的活力。

如果说流派，是只能从上面的原则，才能形成。因此，我对流派，也不抱虚无的态度。如果在我菲薄的才能之后，出现大材；如果在小溪之前，出现大流，而此大流，不忘涓

6

涓之细,我就更感到高兴了。

我以为文人宜散不宜聚,一集中,一结为团体,就必然分去很多精力,影响写作。散兵作战,深山野处,反倒容易出成果。这是历史充分证明过的。

(六)您最喜爱自己的哪几篇作品?为什么?

现在想来,我最喜欢一篇题名《光荣》的小说。在这篇作品中,充满我童年时代的欢乐和幻想。对于我,如果说也有幸福的年代,那就是在农村度过的童年岁月。

(七)您最初接触的是哪个作家的作品?喜欢阅读中外哪些作家的作品?它们对您艺术上的追求有无影响?

我第一次读到的,"五四"以后的新的文学作品,是一本灰色封面、题名《隔膜》的短篇小说集。这是文学研究会的文学丛书之一,由商务印书馆出版。但是,我忘记了它是叶绍钧一人的专集呢,还是几位作家的合集。这一本书,使我知道了中国新的短篇小说的样式。

中外作家之中,我喜爱的太多了。举其对我的作品有明显影响者。短篇小说:普希金、契诃夫、鲁迅。长篇小说:曹雪芹、果戈理、屠格涅夫。

(八)您的两部长篇《风云初记》、《铁木前传》普遍受到称赞,可惜都是未完成之作,为什么会造成这种情况?当初写"初记"、"前传"时,是否准备续写"后记"、"后传"? 人们关心您是否打算续写《铁木后传》?

已经忘记,在写这两本书之前,是否有雄心壮志,要写几部几部。但确实因为没有全部完成,所以只好标题为"初记"和"前传"。实事求是地说,《风云初记》没有写完,是因为我才情有限,生活不足。你看这部作品的后面,不是越写越散了吗? 我也缺乏驾驭长篇的经验。《铁木前传》则是因为当我写到第十九节时,跌了一跤,随即得了一场大病,住疗养院二三年。在病中只补写了简短的第二十节,草草结束了事。

在文化大革命期间,我家前后被抄六次,其中至少有三次,是借口查抄《铁木后传》的。"造反派"如此器重这部莫须有的文稿,使我一家人,百口莫辩。直到现在,我的书柜的抽屉还存在被铁器撬开的裂痕。这些人是为了判决我的罪名来找这部文稿的。在当时,一本"前传",已经迫使我几乎丧生,全家惶惶。我想,如果我真的写出了"后传",完成了它,得到了创作的满足,虽死无怨,早已经双手献出,何劳兴师动众呢?

现在大家关心这部"后传",情况当然不同。但还是没有。对于热心的读者,很可能要成为我终身的憾事了。

"你现在为什么不能把它写出来呢？"或许有人问。

我的想法是：在中国，写小说常常是青年时代的事。人在青年，对待生活，充满热情、憧憬、幻想，他们所苦苦追求的，是没有实现的事物。就像男女初恋时一样，是执著的，是如胶似漆的，赴汤蹈火。待到晚年，艰辛历尽，风尘压身，回头一望，则常常对自己有云散雪消，花残月落之感。我说得可能消极低沉了一些。缺乏热情，缺乏献身的追求精神，就写不成小说。

与其写不好，就不如不写。所以，《铁木后传》一书，是写不出来了。

我现在经常写一些散文、杂文。我认为这是一种老年人的文体，不需要过多情感，靠理智就可以写成。青年人爱好文学，老年人爱好哲学。

(九)平日写作之外，您作何消遣？

"文革"期间，我听过无数次对我的批判，都是不实或隔靴搔痒之词，很少能令人心服。唯有后期的一次会上，机关的革委会主任王君说："这么多年，你生活上，花鸟虫鱼；作品里面，风花雪月。"

我当时听了，确实为之一惊。这算触及灵魂了吧？王君虽"主任"这一新闻机关的革命大权，但他是部队出身，为人直爽，能用十六个字，概括我的罪行，我想他不一定有这般能力，恐怕是他手下人替他总结出来的。

这是有踪影的判词。进城以后，街上繁华、混乱、嘈杂，我很少出门，就养些花儿草儿。病了以后，我的老伴，又陪我到鸟市，买了一个鸟笼，两只玉鸟。蝈蝈也养过，鱼也养过，也钓过。但所养的花，"文革"一开始，就都被别人搬走，鸟也不知去向，虫死鱼亡，几与主人共命。

我养什么也没有常性，也不钻研养法，也不吸取别人经验，又舍不得花很多钱，到终了什么也弄不出名堂来。

其实，写作本身，对我来说，就是最大的最有效的消遣。我常常在感到寂寞、痛苦、空虚的时刻进行创作。我的很多作品，是在春节、假日、深夜写出来的。新写出来的文字，对我是一种安慰、同情和补偿。每当我诵读一篇稿件时，常常流出感激之情的热泪。确实是这样，在创作中，我倾诉了心中的郁积，倾注了真诚的感情，说出了真心的话。在过去的漫长岁月中，烽火遍地，严寒酷暑，缺吃少穿，跋涉攀登之时，创作都曾给我以帮助、鼓励、信心和动力。只有动乱的十年，我才彻底失去了这一消遣的可能，所以我多次轻生欲死。

修补旧书，擦摩小玩意，也是我平日的一种消遣方法。

我不会养生之道,也不相信,单凭养而可以长生,按照我的身体素质,我已经活得够长了。我现在不大愿意回顾我年轻时代写的作品,偶然阅读一些,我常常感到害羞。在年轻时代,我说了多少过分热情的,过分坦率的,不易为人了解的,有些近于痴想梦呓的话语啊!

(十)现在有人提出,文学(尤其是小说)的首要任务不是写人物,塑造典型性格,而是要着重表现人的感受、情绪。您怎样看这个问题?

(十一)现在一些作家,如王蒙等,在运用西方"意识流"等表现手法,对这种探索议论不一,您认为应该怎样看待这种文学现象?

因为我有些想法,已经散见于我近日写的其他文章之中,此处从略。

一九八〇年九月十六日答讫

读作品记 *(二)

　　刘心武同志十月二十日来信:"今年《十月》第三期的小中篇《如意》,是我用力较多的一篇;另《新港》九月号上有我一篇《写在不谢的花瓣上》,也力图在写爱情上体现出我个人的观念,似与当前很多这方面的小说所表达的观念相悖,显得'保守'……请浏览一下。"

　　我手下刊物已为别人拿去,从《新港》资料室借来,二十九日晚开始阅读,当晚读完《如意》,次日读《花瓣》毕。

　　关于两篇小说的成功之处

　　《如意》第一、二、三节,第八、九节。人物为石大爷(石义海)。

　　《花瓣》"十二年前的那个傍晚,我决定结束自己的生命。"以下文字。

---

　　* 《读作品记(一)》已以《读〈蒲柳人家〉》为题,收入《秀露集》一书。

关于小说的不成功之处

《如意》中写文化大革命的部分。谁都知道,刘心武同志是以写文化大革命造成的创伤成名的。他写《班主任》时,"四人帮"虽已揪出,但文化大革命仍当作正面的东西被歌颂。他首先在文艺创作上说出:这不是绣花布,这上面有苍蝇粪,有蛆虫,有更可怕的东西,在它的掩盖下面,……这是有功的,是一种创造。他的作品,是圣之时者,是应运而生的。

在我国历史上,作家也如同帝王将相,常常是应运而生的。当然也常常应运而死。远的不论,姑以近代为例:"五四"时代,左联时期,东北沦亡和抗日时期,土地改革和合作化时期,文化大革命被歌颂和被诅咒时期。每个时期,都产生它的一批作家和作品。文化大革命以正面形象出现的十年,实际上没有作家,在这种情况下,不可能出现真正的作家。

《班主任》所写的是"雄鸡一唱",但毕竟是在政治上打倒了"四人帮"以后,才能出现。而更早已经有街谈巷议,有反抗斗争。我们不能要求作家,在"四人帮"横行的时候,写出这样的作品。政治总是走在前面的,"天下白"才有"雄鸡唱"。但如果老是写文化大革命时期那些游街、批斗、牛棚,这就又陷入了俗套。因为这些究竟还是表面的东西,是大家都司空见惯的,是"四人帮"罪恶的类型性的表现。如果写,今天则须进一步,深挖一下:这场动乱究竟是在什么思想和心理状态下,在什么经济、政治情况下发动起来的?为什么它居然能造成举国若狂的局面?它利用了我们民族、人民群众的哪些弱点?它在每个人的历史、生活、心理状态上的不同反映,又是如何?但是,写出这些,就是在当前也有困难,这需要政治上进一步的澄清,人民进一步的觉悟,需要时间的推移。

所以说,如果没有新意,可以去发掘别的地方,寻找新的矿藏。

我觉得作者能着眼这个自古以来就是藏龙卧虎、人杰地灵的北京城,并发掘出石义海这样一个带有典型性的人物,是很好的一个转变。作家不能老注视一个地方,他的眼睛应该是深沉的,也应该是飞动的。石义海写得很好,我很喜爱这个人物。

《花瓣》中写文化大革命的那一段,因为是通篇作品的主脉,是前面所抒发的感情的归结,与前面透露出来的一些轻浮的笔意作对比,它就更加成为凝重的、真实的了。

关于作者的文字及其表现能力

我以为刘心武的文字表现能力，是强有力的。《班主任》初发表时，他的文字有些僵硬，有些新闻通讯的习惯用语。从现在这两篇作品，可以看出，作者在文字语言上，极力试探、突破，作了各种尝试和努力，获得很大的成功。他的文字的功力是很深的，语言具备敏感性，读书也多，这一切都会增强作品的表现力和感染力。

鲁迅说："油滑是创作之大敌。"语言如果只求其流利通畅，玲珑剔透，不深加凝练，则易流于油滑一途。外表好像才气洋溢，无所不包，实际是语言的浪费，对创作的损伤。《花瓣》一作，实有此苗头，不可长也。特别是写鄢迪那一段，给人以陈旧之感，这种写法，在十九世纪一些文人笔下，也并不是出色的。

文人生活，可以自嘲，但也要有节制，不能流于浮浅。鲁迅、契诃夫都曾自嘲，也写到过爱慕者，但多从社会角度出之，是严肃的讽刺。而《花瓣》所写，则若虚若实，如扬似弃，得意与失意并出，纠缠与摆脱不分，这就淹没了作品的主题，降低了作品的格调。

作家个人的生活，如不能透视出时代、社会的特点，则以少写为好。

关于作家的观念与拥有的生活内容

任何文学作品,大的小的,成功的或失败的,都在表达作者的观念。但生活是基础,生活积累越富,理解越深的,则生活可以完全包容概念。作品表面的概念越少,其内在观念的感染力越大;反之则成为"概念化"的作品,失败的作品,使读者掩卷废读。观念,是"体验观察"生活而后得的"概念",不能先有主观的概念,而后去拣选生活,组织生活,构成作品。

《如意》写石大爷所以成功,是作者对这一人物,长期相处,观察细腻,从感情上喜爱、同情、崇敬所致。写文化大革命的那几节,所以有些失败,是因为作者就地取材,未加深思所致。这几节如果不写这么多,这么枝节,只留下能陪衬表现石大爷的部分,则此中篇,将更完整、集中,亦将更为有力。

关于卖关子及结尾提出问题

小说无成法,但要求紧密无间。卖关子之说,见于通俗演唱,然亦只是故作惊人,笼络听众,以利下场的生意经。到下场演出时,则完全否定了那个关子,听众也不以为怪。伟大作品,都没有关子一说,完全以生活及艺术征服读者。《红楼梦》、《战争与和平》,都没有关子,只有章法。

《如意》有关子,开头的电话,中间的石大爷欲拿出来又止住等等,实可不必。

另外,小说的故事,至末了已经交代得很清楚,主题含义亦甚明了,而作者在最后忽然又提出:"人们呵,听到我这哭声,愿你们能够理解!你们应当理解!"的尾声。

我读到这里,以为作者在小说里交代了什么玄妙的、一时不能看出、不能理解的哲学问题。反复思考,辗转反侧,以致失眠。后来才觉悟,作品并没有暗示着什么别的问题,不过还是那个不幸的爱情或爱情的不幸问题,或者说是有情人终于成不了眷属的老问题。

为什么又要这样画蛇添足呢?文学作品,凡是作家已经理解的东西,读者也一定能够理解。作家理解多少,读者也就理解多少。凡是作家还没有理解的东西,在作品中就形成朦胧、晦暗,从而读者也就无法理解了。

关于爱情的准则

爱情原无准则,家庭以伦理,社会以道德、法律维护之。防范易变为桎梏,文学又歌颂本性之爱。曹雪芹对于爱情参悟透了,他写了木石之盟、金玉良缘以下的,诸如焙茗和万儿、秦钟和智能的爱情。爱情式样,有数十种,皆为悲剧。后人所写,不过随时代、风习的变化,变换背景,而实质无出其右者。爱情与社会风尚、伦理观念、人物个性,结合起来写,才有意义。在爱情问题上,创造出一种新的观念,我以为是很困难的。

每个作家都有自己的起点,不要轻易抛弃自己基本的东西。刘心武同志的起点,应该说是《班主任》。在前进的道路上,在追求、探索的同时,应该时时回顾自己的起点,并设法充实它。如此开拓自己的前路,形成自己的艺术风格。

以上,已是枝节之谈。感于刘心武同志的诚挚来信,谨抒个人的浅薄见解,以就正于他。所谈,自信也是出于真诚的,因此也就很坦率,有很多需要商讨之处。

一九八〇年十一月一日晨

读作品记(三)

刘绍棠、林斤澜、刘心武三位作家,来天津讲学。十二月二日下午,枉顾寒斋,谈了一个下午,非常愉快。

绍棠是熟人,心武虽初次见面,前些日子已有书信往还,并读过他一些近作。林斤澜同志过去没有接谈过,他的作品,读得也少,因此,这次相聚,我特别注意他对文学的见解。

谈话间,斤澜同志提出了创作规律这个问题。我说,这是一个理论问题,但主要是一个实践问题,应该从一些作家的文章中去寻找答案。比如托尔斯泰、契诃夫、鲁迅的日记、书信、序文。至于一些理论家的文章,对于读者分析作品,用处大些,对于作家来说,则常常不易使人满意。斤澜同志说,创作规律,是否就是"真情实感"四个字。我说是这样。这四个字很重要,但还包括不了规律的问题。

规律这个问题很难答复,乍一问,我也回答不清楚,不能装腔作势,就说我懂了。后来谈到语言问题。心武同志说,人物的对话,似乎有章可循。叙述的语言,则比较难办。我说,语言问题,是创作的一个中心问题,因为作为文学,语言是它的基本要素。但它并非单纯是一种资料,它与生活、认识,密切相关。对于语言,应该兼收并蓄,可以多读文学以外的杂书,比如历史、地理,各类学科的书。我叙述了我养病那些年,读了不少东华录、明清档案、宦海指南、入幕须知、朱批谕旨,这类的书。清朝官书的语言很厉害,有刀笔风味。比如朝廷申饬下属,常用"是何居心,不可细问"这句话,这一句话,就常常能使一些达官贵人,濒于自杀的绝境。不能只读外国小说,语言还是以民族语言为主,"中学为体,西学为用"。

我说,语言的运用,应该自然。艺术创作,一拿架子,即装腔作势,就失败了一半。但能做到自然,是很不容易的。中国的白话文,虽有不少典范,也在不断进步,我们只要逐步阅览"五四"以来的作品,就会看出这一点。

有些作品能流传,有些不能流传,这里面就有个规律问题。比如萧红的作品,她写的也并不是那么多,也没有表现多少重大的题材,也没有创造出多少引人注目的高大形象,可是她的作品,一直被人们爱好,国内外都有人在研究,这是一个什么规律?

我以为创作规律,归纳起来,可以包含如下内容:

一、作者的人生观。(或称世界观、宇宙观。对文学来说,我以为人生观较恰切。)过去,不管作品里的鸡毛蒜皮,评论家都要联系到世界观。这二年,世界观这个词儿,忽然从评论文章中不见了,不知是怎么回事。人生观是作品的灵魂,人生观的不同,形成了文学作品不同的思想境界。最明显的如曹雪芹、托尔斯泰。作者对人生的看法,对人生得出的结论,表现在作品之中,这是如何重要的东西,怎么能避而不谈?

二、生活的积累。

三、文字的表现能力。

谈话中间,我说,现在的吹捧作风,很是严重。我对绍棠、心武说,如果有人给你们抬轿子,我希望你们能坐得稳一些。我说,我幼年在农村度过,官坐的轿我没有见过,娶媳妇的轿,我见得不少。这是一种民间表演艺术,和吹鼓手一样。在野外,还没有什么,他们走得很自然。一进村庄,当群众围观的时候,他们的劲头就来了。这些抬轿子的人,虽然也是农民,是一种业余活动,但并不是每一个人都能仓促上阵的,他们训练有素。进街之前,他们先放下轿子休息一下,然后随着吹鼓手的"动乐",他们精神抖擞起来。前呼后应,一唱一和,举足有度,踢踏中节。如果抬的是新娘坐的花轿,那步子走得就更花哨,脸上的表情,也就更来劲儿。

也不能忘记那些职业的吹鼓手,他们也是在通过夹道围观的人群时,大显身手。吹喇叭的坐在车厢上,一俯一仰,脸红脖涨,吹出的热气,变成水,从喇叭口不断流出来,如果是冬天,就结为冰柱。他们的调子越来越高,花腔也越来越多,一直吹到新人入了洞房。如果是丧事,则一直吹到死者入了坟墓。

庸俗的吹捧,只能助长作家的轻浮,产生哗众取宠的作品。它不能动摇严肃作家的冷静的创作态度。

这次会见,三位作家都送给我书,斤澜同志送的是他的小说选集。当天晚上,我即开始阅读,是从后面往前看。已经读过的,计有:《记录》、《拳头》、《阳台》、《一字师》、《开锅饼》,共五篇。

我首先注意了他的师承。在斤澜的作品中,可以看到,他主要是师法鲁迅,此外还有契诃夫、老舍。在继承鲁迅的笔法上，他好像还上溯到了俄国的安特来夫、迦尔洵，以及日本的夏目漱石、芥川龙之介等。这些作家，都是鲁迅青年时代爱好的，并受过他们的一些影响。这些作家都属于现实主义，但他们的现实主义，带有冷静、孤僻，甚至阴沉的色彩。我们知道，鲁迅很快就脱离了这些作家，扬弃了那些不健康的东西，转而从果戈理、契诃夫、显克微支那里吸取了富有内在热力、充满希望的前进气质，使自己的作品，进入承前启后，博大精深的一途。

斤澜的小说，有些冷僻，像《阳台》一篇，甚至使人有读陀思妥耶夫斯基作品的感觉。斤澜反映现实生活，有时像不是用笔，而是用解剖刀。在给人以深刻感的同时，也带来一些冷酷无情的压抑感。

很明显，斤澜在追求那种白描手法。白描手法，是要求去掉雕饰、造作，并非纯客观的机械的描画。如果白描不能充分表露生活之流的神韵，那还能称得起是高境界的艺术吗？斤澜的白描，冷隽有余，神韵不足。

在谈话时，斤澜曾提出创作时，是倾向客观呢，还是倾向主观？当时我贸然回答，两者是统一的。看过他一些作品，我了解到斤澜是要求倾向客观的，他有意排除作品中的作家主观倾向。他愿意如实地、客观地把生活细节，展露在读者面前,甚至作品中的一些关键问题,也要留给读者去自己理解,自己回答。如《开锅饼》中的猪中毒。但完全排去主观,这是不可能的,即使自然主义的作家,也不能做到这一点,他们的作品中,还是有作家的主观倾向。有意这样做,只能使作品流于晦暗。另外,这样做,有时会留下卖关子、弄技巧的痕迹。

斤澜的作品中,有幽默的成分。幽默是语言美的一种元素,并不是语言美的整体。老舍以其语言的圆熟功力,对北京话得天独厚的储藏,以及所表现生活的历史特征,使他在这一方面,得到很大成功。但是,就是老舍,在幽默的运用上,有时也使语言的表现,流于浮浅。斤澜在语言方面,有时伤于重叠,有时伤于隐晦,但他的幽默,有刻画较深的长处。

我读斤澜的作品很少,以上只能说是管窥之见。我深切感到,斤澜是一位严肃的作家,他是真正有所探索,有所主张,有所向往的。看来,他也很固执,我并不希望我的话能轻易说服他。

在我们的既繁荣又荒芜的文学园林里,读斤澜的作品,就像走进了别有洞天的所在。通向他的门户,没有柳绿花红,有时还会遇到榛莽荆棘,但这是一条艰辛开垦的路。他的作品不是年历画，不是时调。青年人，好读热闹或热烈故事的人，恐怕不愿奔向这里来。他的门口，没有多少吹鼓手，也没有多少轿夫吧。他的作品，如果放在大观园里，它不是怡红院，更不是梨香院，而是栊翠庵，有点冷冷清清的味道，但这里确确实实储藏了不少真正的艺术品。

看来，斤澜是甘于寂寞的，他顽强地工作着，奋发地开拓着。在文艺界，有人禁耐得十年寒窗的困苦煎熬，禁耐得十年铁窗的凌辱挫折，却禁耐不得文艺橱窗里一时的冷暖显晦，这确是文人的一个致命弱点，也是我们的作品常常成为大路货的一个原因。

在深山老峪，有时会遇到一处小小的采石场。一个老石匠在那里默默地工作着，火花在他身边放射。锤子和凿子的声音，传送在山谷里，是很少有人听到的。但是，当铺砌艺术之塔的坚固，高大的台基时，人们就不能忘记他的工作了。读斤澜的创作，就给我留下这样一种印象。

一九八〇年十二月七日

读作品记(四)

春节之前,大光陪同宗璞同志来访,我因为事先没有拜读过她的作品,言不及义,惭愧不安者久之。后收到《小说选刊》八一年二月号,上载宗璞小说《鲁鲁》一篇,遂放置案头。昨日上午大光又携宗璞嘱交我看的诗作来,午饭后读过诗作,并将《鲁鲁》读毕。

这篇小说,给我留下三方面的印象,都很深刻:一、作者的深厚的文学素养;二、严紧沉潜的创作风度;三、优美的无懈可击的文学语言。

仔细想来,在文学创作上,对于每个作家来说,这三者都是统一不可分割的,是一个艺术整体。

作为文学作品的第一要素的语言,美与不美,绝不是一个技巧问题,也不是积累词汇的问题。语言,在文学创作上,明显地与作家的品格气质有关,与作家的思想、情操有关。而作家对文学事业采取的态度，严肃与否，直接影响作品语言的质量。语言是发自作家内心的东西，有真情才能有真话。虚妄狂诞之言，出自辩者之口，不一定能感人；而发自肺腑之言，讷讷言之，常常能使听者动容落泪。这是衡量语言的天平标准。

历史证明，凡是在文学语言上，有重大建树的作家，都是沉潜在艺术创造事业之中，经年累月，全神贯注，才得有成。这些作家，在别的方面，好像已经无所作为，因此在文学语言上，才能大有作为。如果名利熏心，终日营营，每日每时，所说和所听到的，都是言不由衷，尔虞我诈之词，叫这些人写出真诚而善美的文学语言，那简直是不可能的事。

宗璞的文字，明朗而有含蓄，流畅而有余韵，于细腻之中，注意调节。每一句的组织，无文法的疏略，每一段的组织，无浪费或蔓枝。可以说字字锤炼，句句经营。那天谈话，我对她谈了文学语言的旁敲侧击和弦外之音的问题。当我读过她这篇作品之后，我发见宗璞在这方面，早已作过努力，并有显著的成绩。这样美的文字，对我来说，真是恨相见之晚了。

当然，这也和她的文学修养有关。宗璞从事外语工作多年,阅读外国作品很多,家学又有渊源,中国古典文学的修养也很好。"五四"以来,外国文学语言,一直影响我们的文学作品。但文学的外来影响,究竟不同衣食用品,文学是以民族的现实生活为主体的,生活内容对文学形式起着决定性的作用。以昆虫为比,蝉之鸣于夏树,吸风饮露,其声无比清越,是经过几次蜕变的。这种蜕变,起决定作用的,绝不是它蜕下的皮,而是它内在的生命。用外来的形式,套民族生活的内容,会是一种非常可笑的作法,不会成功的。

宗璞的语言,出自作品的内容,出自生活。她吸取了外国语言的一些长处,绝不显得生硬,而且很自然。她的语言,也不是标新立异,是在前人的基础之上,有所创造,有所进展。我们不妨把"五四"时代女作家的作品,逐篇阅读,我们会发现,宗璞的语言,较之黄(庐隐)、凌(叔华)、冯(沅君)、谢(冰心),已经有了很大的不同,也就是有了很大的发展。因此,她的语言,虽是新颖的,并不给人一种突兀的感觉,使人不习惯,不能接受。和那些生搬硬套外来语言、形式,或剪取他人的衣服,缝补成自己的装束,自鸣得意,虚张声势,以为就是创作的人,大不相同。

《鲁鲁》写的是一只小犬的故事。古今中外,以动物作为主人公的文学作品,并不少见。但一半是寓言,一半是纪事。柳宗元写动物的文章,全是寓言,寓意深远。蒲松龄常常写到动物,观察深刻,能够于形态之外,写出动物的感情。纪昀在《阅微草堂笔记》中,有一节写到犬,我读后,以为那是过激之作,是阅历者的话,非仁者之言,不应出自大儒宗师之口。

宗璞所写,不是寓言,也不是童话,而是小说。她写的是有关童年生活的一段回忆。在这段回忆里,虽然着重写的是这只小犬,但也反映了在那一段时间,在那一处地方,一个家庭经历的生活。小犬写得很深刻、很动人,文字有起伏,有变化。这当然是作者的亲身经历,并非听来的故事。小说寄托了作家的真诚细微的感情,对家庭的各个成员,都作了成功的生动描写。

把动物虚拟、人格化并不困难,作家的真情与动物的真情,交织在一起,则是宗璞作品的独特所在。

遭到两次丧家的小狗,于身心交瘁之余,居然常常单身去观瀑亭观瀑,使小说留有强大的余波,更是感人。

这只小动物,是非常可爱的。作家已届中年,经历了人世沧桑、世态炎凉之后,于摩肩擦踵的茫茫人海之中,寄深情于童年时期的这个小伙伴,使我读后,不禁唏嘘。

　　我以为,宗璞写动物,是用鲁迅笔意。纯用白描,一字不苟,情景交融,着意在感情的刻画抒发。动物与人物,几乎宾主不分,表面是动物的悲鸣,内含是人性的呼喊。

一九八一年二月十一日

读作品记(五)

　　收到《人民文学》一九八一年四月号,上载舒群同志的一篇小说,题名《少年 Chén 女》。当天晚上,我几乎是一口气读完了。这是一篇现实主义的小说,有着特殊的表现技巧。是一篇有生活、有感受、有见解的作品。它的结构严紧自然,语言的风格,非常特异。当我阅读的时候,眼里有时充满热泪,更多的时候,又迸出发自内心的笑声。

　　很多年,不见舒群同志了,有三十几年了吧。在延安鲁艺,我和他相处了一年有余的时间。那时他代理文学系主任。我讲《红楼梦》,舒群同志也去听了。课毕,他发表了一些意见,其中有些和我不合。我当时青年气盛,很不以为然。我想,你是系主任,我刚讲完,你就发表相反的意见,这岂不把我讲的东西否了吗?我给他提了意见。作为系主任,他包容了,并没有和我争论。我常常记起这一件事,并不是说舒群同志做得不对，而是我做得不对。学术问题，怎么能一人说了算数，多几种意见，互相商讨，岂不更好？青年时意气之争，常常使我在后来懊悔不已。在延安窑洞里，我还和别的同志，发生过更严重的争吵。但是，这一切，丝毫也没有影响同志间的感情。离别以后，反因此增加很多怀念之情，想起当时人与人之间的关系，觉得很值得珍惜。那时，大家都在年少，为了抗日这个大目标，告别家人，离乡背井，在根据地，共同过着艰难的战斗生活。任何争吵，都是一时激动，冲口而出，并没有任何私心杂念或不可告人的成分在内。非同十年动乱之期，有人为了一点点私人利益，大卖人头，甚至平白无故地伤害别人的身家性命。当然，革命方兴，人心向上之时，也不会有使这种人真相大白的机会。我想，对于这种人，一旦察看清楚，不分年龄、性别、出身，最好是对他采取敬而远之或畏而避之的态度。这也没有别的意思，不过仍是弱者暂时自全的一种办法，就像童年时在荒野里走路防避虫咬蛇伤一样。

有了这种体验，我就更怀念一些旧谊。在鲁艺时期，舒群同志照顾我，曾劝我搬进院内一间很大的砖石窑洞，我因为不愿和别人同住没有搬。我住的是山上一间小土窑，我在窑顶上种南瓜，破坏了走水沟，结果大雨冲刷，前沿塌落,险些把我封闭在里面。系里伙养着几只鸡,后来舒群同志决定分给个人养。我刚从敌后来,游击习气很重,不习惯这种婆婆妈妈的事,鸡分到手,就抱到美术系,送给了正要结婚的阎素同志,以加强他蜜月期的营养。想起这些,也是说明,舒群同志当时既是一系之主,也算是个文艺官儿,有时就得任劳任怨,并做些别人不愿做的事务工作。

他是三十年代初期,中国文坛新兴起的东北作家之一。家乡沦亡,流落关内,发表了不少有影响的短篇小说。现在我能记忆的是一篇小说的结尾:一个女游击战士,从马上跳下,裤脚流出血来,同伙大惊,一问才知道并不是负了伤,而是她的经期到了。当时我读了,觉得很新奇。为什么这样结尾呢?现在看来,这或者是舒群同志的偏爱,也或者是现在有些人追慕的一种弗洛伊德的意识手法吧?

说来惭愧,近年来因为身体不好,视力不佳,自己又不写这种体裁,我很少看小说。但知道这几年短篇小说的成绩,是很不错的。收到刊物,有时翻着看看插图,见到男女相依相偎的场面多了,女身裸露突出的部分多了。有些画面,惊险奇怪,或人头倒置,或刀剑乱飞,或飞天抱月,或潜海求珠。也常常感叹，时代到底不同了。与"四人帮"时代的假道学相比，形象场面大不一样了。但要说这都是新的东西，美的追求，心中又并不以为然。仍有不少变形的、狂态的、非现实的东西。有时也翻翻评论。有些文章，吹捧的调子越来越高，今天一个探索，明天一个突破。又是里程碑，又是时代英雄的典型。反复高歌，年复一年。仔细算算，如果每唱属实，则我们探索到的东西，突破的点，已经不计其数。但细观成果，好像又不是那么回事。这些评论家，也许早已忘记自己歌唱的遍数了。因此使我想到：最靠不住的，是有些评论家加给作家的封诰和桂冠，有时近于江湖相面，只能取个临时吉利。历史将按照它的规律，取舍作品。

有时也找来被称作探索的作品读一读，以为既是探索，就应该是过去没有的东西。但看过以后，并不新鲜，不仅古今中外，早已有之，而且并没有任何进展之处，只是抄袭了一些别人身上脱落的皮毛。有些爱情的描写，虽是竭力绘声绘形，实在没有什么美的新意在其中，有时反以肉麻当有趣。

类似这些作品，出现在三十年代，人皆以为下等，作者亦自知收敛，不敢登大雅之堂，今天却被认为新的探索，崛起之作，真叫人百思不得其解。

文学作品,成功与否,有无力量,不在你描写了什么事物,而在你感受到了什么事物,认识理解了什么事物。所以,当我读到舒群这篇小说,就感到与众不同,是一篇脚踏实地的作品。

他写的并不是什么所谓重大的题材,也不是奇特的惊人案件,也不是边疆风光,异国情调。他所写的,简直可以说是到处可以见到的生活,是宿舍见闻,是身边琐事,是就地取材。但以他对这一生活的细密观察,充分认识,深刻感受,就孕育了当代生活中的一个重大主题,一个震撼人心的故事,一个大量存在,而亟需解决的社会问题。

小说用了日记体的形式。问题不在于用什么形式,而在于形式能否为要表现的生活服务,能否与作品的生活内容水乳交融,互相生发。

这篇小说的结构是很紧严的,进展得合情合理,非常自然。

近些年来,有些评论家大谈小说的情节与细节,有很多脱离实践,不着边际,成为一种烦琐哲学。对创作不会有利,只会有害。

作品主要的基础,是现实生活和作家对生活的感受和认识。如果作者并没有这种生活经历,或有所经历而没有感受,或虽有感受而没有真正理解,他是不会构思与组织能以表现此种生活的情节或细节的。强加情节于并不理解的生活之上,将丝毫无补于生活的表现,反而使生活呈现枯萎甚至虚假。情节,是生活之流激起的层层波浪,它是从有丰富生活基础并对它有正确理解的作家笔下,自然流露出来的。

日记从阳历元旦开始。最初所写,不过是添买一辆自行车的家庭琐事。从细小家务中,引出这一家庭不幸遭遇,为整个故事,打好了逐步建设的根基。第二节展示了新建住宅区的风景画,其目的在于引出那一群戴雪白口罩和褪色头巾的女孩子们。第三节,借第一人称的老人晨起打拳之机,进一步描写了作为女主角的女孩子,并与老人家庭联系起来。第四节,写老人与女孩子的生活联结。第五节写女孩子的心灵忌讳。第六节写"不虞之隙",即女孩子所受新的刺激。第七节写悲剧的高潮。第八节写转机并感想。

故事进展得很自然,简直看不到人为的痕迹。作家所写,看来不过是宿舍大楼的上下左右,里里外外,而笔墨所渲染到的,却是一个时代的心灵,一个时代的创伤,一个时代的困苦和挣扎,一个时代的斗争与希望。而且是经过老少两代人的心,用两代人的脉搏跳动,两代人的眼泪和叹息来表现的。

人为的创伤,确使我们原来健康、活泼、美丽的民族,大病了一场。谢天谢地,医治还算及时,我们很快就会复原的。但经历的一场噩梦,痛苦的记忆,是不容易消失的。这也算是伤痕文学吧,但读后并不使人悲观,而是充满希望的,并使人有所觉悟和警惕。

作家在小说语言上的尝试,引起我很大的兴趣。他的语言,采取了长段排比,上下骈偶,新旧词汇并用,有时寓庄于谐,有时寓谐于庄,声东击西,真假相伴,抑扬顿挫,变化无穷的手法。这种手法,兼并中西,熔冶今古,形成了一种富有生活内容和奇妙思路,感染力很强的语言艺术。这是作家研究吸取了外国古典文学语言,特别是中国的词赋、小说、话本,以及民间演唱材料的结果。当然,这种运用,并不是每一处都那么自然,有时也显得堆砌、生硬或晦暗,有个别用词显得轻佻。

很久不读如此功力深厚的小说了,写一些读后感想,并志对作者的怀念之情。

一九八一年四月二十六日

读作品记(六)

在河南出版的《莽原》第一期上,读到了李准同志的短篇小说《王结实》。小说共分九节,前几节写得很真实,充满幽默感,读起来,使人不断笑出眼泪。八节有些生硬。最后一节稍空,手法也有变化。这种尾声,虽显得更含蓄,终给人以飘浮的感觉,也失去了幽默感。与前文情调不合。

我一向很喜欢李准同志的小说,他的作品中的幽默感,并不完全在语言的选择上。使语言充满笑料,这是容易做到的。在艺术上说,却是比较低级的。他的幽默,是来自对生活的观察认识。认识的面广,认识的深刻。对一个时代的生活风习,理解得深了,作家有痛切的感受,而不愿以大声疾呼的态度反映它,也不愿以委委曲曲的办法表现它。在沉默了许久以后,终于含着眼泪,用冷静的嘲讽手法来表现它。这就是幽默艺术。

这种表现,不是快一时之意,也不是抒发积郁之不平。(文中有一处,把好整同类的知识分子比作咬伤其生身之父的骡子,就有些近于"抒发"了。)这种表现,是基于对时代生活的关注和热爱,基于对一些人物的同情与怜悯,对另一些人物的深恶痛绝。这种表现,常常是含蓄的,隐约的,但能触及深处,引发共鸣。在写作时,并不像插科打诨那么轻松,是要一层层往深的地方挖掘的。

对生活的浮光掠影,不会产生幽默。对生活的淡漠,也不会产生幽默。幽默是现实主义文学的一个方面,一种表现手法。鲁迅、契诃夫都善于用这种手法。他们都是冷峻地注视着生活,含着眼泪发出微笑的。

对同样的生活,对同类的人物,看得多了,认识清楚了,根据作家的感受,加以剪裁,并严肃认真地去表现它,就能使文章有幽默感。凡是伟大的作品,都有幽默感。幽默,是文学一种要素。

我也读过一些描写十年动乱的小说。不用说全面的、大画卷的作品,还没有见到,就是短篇,写得深刻的,真正能表现这一时期的特色的,也不多见。这不能完全怪作家。这一段历史,在文学上作出表现,有过多的纠缠和困难,过一段时间可能会好些。一些青年人来写它,困难就更多,而老年人又多不愿去接触它。

就其大体形态而言,林彪、"四人帮"之所为,是用了嫁祸于人和借刀杀人的手段。首当其冲的,是为中国革命付出过血汗的老干部,其次是知识分子。他们把阶级斗争扩展到一切差别和等级之间,波及整个社会。他们用鲜血淋淋的白色恐怖,造成人人自危的局面。群众向东向西,只能听他们的,稍有迟误,火便会烧到自己,身家性命不保。这一时期,是很难谈什么人性、道义、同情等等美德的。

前几天,一位同事,写了一个短篇,拿来叫我看。小说结构和语言都很好,只是那个故事不真实。写的是在那十年动乱的时期,一个小孩因受父母牵连,被押送到亲属所在的北大荒去。在火车上,人们居然对这个孩子,表示了最大的同情与爱护。有人给他吃食,有人给他水喝,有人给他理发。一群妇女自动组织起来,给他赶制棉衣,在一个姑娘的照顾下,小孩甜蜜地睡着了。这种场面,就像在过去的年代,人们照顾负伤的子弟兵一样。而车站外面,正是红海洋,高音喇叭气氛。

当时所谓黑帮子女,能遇到这种待遇吗?这是过分地把这一非常时期美化了,理想化了。这是完全不可能发生的事。如果人民能这样抵制，这场"革命"还发动得起来吗？不是说，人们完全丧失了同情心，是说在那种时刻，谁也不敢做这种表示，更不用说在火车上进行这种串连了。也不能要求人们这样做，他们把同情埋藏在心里，不趁火打劫，不落井下石，就算够道义的了。我想，这是因为作者，并没有经受过这方面的痛苦。

在李准同志这篇小说里，第七节所写，王结实的正义行为，或者说是仗义举动，也使人有些不典型的感觉，与人物性格不很统一。正因为如此，此段以后，文章也就失去了那种幽默感，显得有些勉强了。

作者是想表现贫农的优良品质，增加人物的分量。但这一想法，并没给作品带来什么新的力量。因为这一行为，超越了时代和人物的典型界限。

一篇短篇小说，应该情调统一，适可而止。有时要延长一些什么，或强加上一点什么，效果反而不佳。

一九八一年五月十一日

读冉淮舟近作散文

淮舟从地方调到部队工作，不久，他就出差到东北和西北，并把旅行所见，写为散文，陆续在各地报刊发表。淮舟工作勤奋，文笔敏捷，当我看到他这些文章时，心里是很高兴的。以为，他在编辑部工作多年，生活圈子很小，现在有工作的方便，能接触广大的天地，这对他从事创作来说，当然是一个很好的转机。

他的文章，我只是看了很小的一部分，就我看过的来说，也还有不少不足之处。当然这也是写这类文章，常常不易避免的。旅行见闻，也可以说是见闻速写，多少年来，成绩虽说很大，也沿习着一种缺点：就是走马观花，浮光掠影。因为刚刚到那里，所遇又都是生疏的人和事。如果是经别人介绍，那就是转了一道手，材料的真实价值，更差一等。对人物，接谈一两次，谈者言不由衷，听者挂一漏万，写出来的东西,常常与现实生活,距离很大。加上,在进入这一地区之前,缺乏知识准备,例如历史、地理方面的;风土人情方面的;文物古迹方面的。因为知识不足,在写作时,就感到局促困难。我们常说调查研究,调查研究,谈何容易! 有些借调查研究之名,贩卖主观唯心之实,实在不乏其例。

我以为,写这种文章,不要急于求成。不要见到就写。对于人物,对于生活,要多看看,特别是要多想想。对于材料,要有取舍,要舍得剪去那些枝枝蔓蔓。不要倚马万言。离开那里,回味一下再写,就会更好一些,更客观一些。

因为写这种文章,最容易带有个人主观成分。更何况,很长时期,我们对于这种文章,还提倡要有浓重的作者抒发。其实,这是很不可靠的。因为你既是人地两生,你既是仓促上阵,客观的把握还很小,主观的抒情,就更容易落空。

对生活看得准,写得真,这是很不容易的事。但是有补救之方,那就是多看,多听,多想。力戒从心所欲,力戒想当然。不要急于求成,不要贪多务得。让生活和人物的印象,在你的脑海里沉淀一下,再写不晚。

每一篇要有一个主题,一个中心。淮舟这次写的文章中,有些是太松散了。

一九八〇年十二月十二日上午大风寒

43

读一篇散文

在四月三十日《天津日报》的文艺周刊上,读到了贾平凹同志的散文《一棵小桃树》。关于这位作家,近些年常看到的是他写的高产而有创造的小说,一见这篇短小的散文,我就感到新鲜,马上读完了。

说实在的,这些年因为自己不写小说,也就很少看小说,虽说有时写点散文,散文看的也很少。原因之一是很多短篇小说都过长,几乎进入中篇范围,而有些散文,也很长,几乎又进入了小说的界限。看起来都是很吃力的。这种长风,还真不好刹住,一些报刊、评论家一方面要求写短,一方面又对写得长的大加称赞,作者就更收不住自己的笔了。

我也曾想:为什么要写这么长呢?要说是为了追求利,那就太冤枉我们的作者,但要说是为了追求名,则不为无因。以大自重，以长自喜，古已有之，今人为甚罢了。关于小说，暂且不要去谈它，因为已经谈了很多年了，其长如故，并不稍衰。这里只是说说散文，一篇散文，要写上万把字，这在中国文学史上真是罕见的现象，现在却到处可以遇见。

就说是不得不长吧，比如，作家确实有那么多新的感情和好的见解，难以割舍，写得长一点，我们耐心读一下也就是了。不巧的是，凡是长篇散文，新鲜意思却非常之少，语言也是陈词滥调。恕我直言，有些段落，都是现成词藻，流行语言，甚至像电影解说词或导游解说词。其所表达的感情，其所伸张的道理，也就可想而知了。

韩愈《送孟东野序》，第一句：大凡物不得其平则鸣，成为千古名句。文章也是名文，只有一千字左右。苏轼《潮州韩文公庙碑》，第一句：匹夫而为百世师，一言而为天下法，是有名的警策之句。文章也是名文，不到两千字。这已经是苏东坡散文中的长篇了。

有的人或以地位高，或以名声重，在写文章的时候，以为不长不足以服众，不足以表示身份，也常常情不自禁地摆起架子。手里又没有那么多坚实的砖瓦，这样的文章，读起来就没有什么味道了。但因为是位高，名重之人写的，

45

青年学子就视为范文,去模仿,于是就愈来愈长了。不知道我这个推理对不对。

文章长是一个方面。形式单调,又是一个方面。本来中国的散文,是多种多样的。历代大作家的文集,除去韵文,就都是散文。现在只承认一种所谓抒情散文,其余都被看作杂文,不被重视。哪里有那么多情抒呢?于是无情而强抒,散文又一变为长篇抒情诗。

贾平凹同志这篇散文,却写得很短。形式也和当前流行的不一样。按说,他所处虽非高位,但按实际斤两来说,他的名已经不算不重,肯写这样的短文,又肯写给地方刊物发表,就很不容易了。这是一篇没有架子的文章。

其实,文章写得短小的一个主因,就是作者有真实的情感。我们常说假、大、空,这三个字,确实有内在联系。相反,真实和短小,也有内在联系。短小又和精悍联系在一起,所以说,好文章,短小是一个重要条件。

这篇散文的内容和写法,现在看来也是很新鲜的。但我不愿意说,他在探索什么,或突破了什么。我只是说,此调不弹久矣,过去很多名家,是这样弹奏过的。它是心之声,也是意之向往。是散文的一种非常好的音响。

一九八一年四月三十日

万里和万卷

　　自太史公自叙,谈到游览名山大川,对于作文的帮助,以后苏子由又加以发挥,就渐渐演变成一句通俗白话:读万卷书,行万里路,才能写好文章。

　　其实,太史公游览名山大川,是为了观察地理形势,听取口碑,搜集史料;苏子由游览名山大川,则是为了开阔胸襟,揽今怀古,以增加为文的气势。

　　杨衒之的《洛阳伽蓝记》,虽然是记一代的名胜,主要是记载了一些历史人物和事件,读起来是历史,并不是枯燥的地理书。郦道元的《水经注》,则于精密的地理考察之中,随时随地记录一些短小生动的史实,几乎使人忘记了是在读水经。这些著作,都可以说是游记的上乘,虽然它们都被列入地理书。

　　此外,文人的游记,那就浩如烟海,代有名家。但真正

能传世感人的,也并不太多。尝以为游记一体,应该具有以下几种内含:

一、有怀古的幽思;

二、有临民的热情;

三、有高尚的寄托;

四、有优美的文字。

这四点,是缺一不可的。到一个地方,不知道那里的地理历史,不关心那里的现实生活,游时没有高尚的情操,写时没有富有感染力的文字,那当然就谈不上什么游记了。

其中,文字的表现能力,最为重要。所以说,"两万"的关系,"读万卷"应该在前,"行万里"应该在后;不然,只是走了路,爬了山,还是写不出好的游记来。

中国人,好游不好记。凡是名胜,你去看吧。凡是可以写字的地方,都被游人的题名填满了,甚至不惜刻削污涂,破坏砖石树木。有一年春天,我去逛无锡的梅园,去了几次梅花都不开,最后一次开了,又遇下雨,到后园一间堆放农具的大房子里躲避,四面墙上,也都被吟诗、作画、题名,弄得一塌糊涂。当时我想:这是"泰山刻石"、"雁塔题名"的遗风吗?这也是一种发表欲的满足吗?梅园前边没有什么可以涂抹的地方,就都到这里来了,难道这是"梅园副刊"的版面吗?

题过名,也就是表明游过了,万事大吉了。如果你请他写一篇游记,他一定摇头。如果我们把那题名的热情,都用来读书写游记,是多么好啊!

一九八〇年十一月二十一日晨

关于"乡土文学"

去年冬天,绍棠来津晤谈时,曾说:他要给一个刊物编一个特辑,名叫"乡土文学",到时要我在前面写几句话。对于绍棠,我是"有求必应"的,因为我知道,他不会给我出难题。他的一些想法,我也常常是同意的。但在谈话当时,我并没有弄清这四个字的含义,也没有细想为什么绍棠要编辑这样一组文章。我还是点头答应了。过了两天,当他同一群人来舍下合影留念时,他又对我说了一次,我说:"我年老好忘,到时候你催促我吧!"

前几天绍棠果然来信催稿了。对于绍棠,我一向也是"有催必动"的。对这个题目,仍觉茫然,不得要领。因此,我托邹明同志写信去问,究竟要我写些什么。绍棠的回信未到,我已经沉不住气,只好在这里揣摩着写。

记得鲁迅先生,在许钦文初写小说时,曾称他的小说为"乡土文学"。我想,这不外是,许钦文所写都是浙江绍兴一带的人物故事,风土人情,甚至在人物对话方面,也保留了一些方言土语。所以鲁迅给了他这样一个称呼。这个称呼,很难说是批评,但也很难说是推崇。因为,鲁迅自己也写了很多篇以家乡人民生活为背景的小说,他并没有自称过这些小说为"乡土文学"。别人也没有这样称谓过,也不应该这样称呼。这已经不是什么乡土文学,而是民族的瑰宝。

说实在的,我对"乡土文学"这个词儿,也就是有这么一些印象,其中恐怕还有错误之处。

我又联想到绍棠这些年的一些言论和主张。他在好几个地方说,他是"一个土著",他所写的是"乡土文学",是田园牧歌。他又说,他写的越"土",则外国人看来就越"洋"等等。

看来,他好像是在和别人赌什么气,自己要树立一个与众不同的标榜。

这可能也有客观方面的激励,我是不大清楚的。我看的当代作家的作品很少,不敢冒充了解当今的文坛。

就我个人的认识来说,我以为绍棠其实是可以不必这样说,也可以不必这样标榜的。因为,就文学艺术来说,微观言之,则所有文学作品,皆可称为乡土文学;而宏观言之,则所谓乡土文学,实不存在。文学形态,包括内容和形式,不能长久不变,历史流传的文学作品,并没有一种可以永远称之为乡土文学。

当然,任何艺术品种,都有所谓民间的形式,或称地方的形式。例如戏曲。但是,这种形式并非永久不变的,它要进入都市,甚至进入宫廷。一为文人墨客所纂易,就不永远是乡土的了。艺术又是不胫而走的,不分东西南北的,宫墙限制不住它,城墙也限制不住它,它又可以衣锦还乡,重新进入荒山僻野,为那里人民所喜爱,并改变着那里人民的艺术爱好,艺术趣味。

古之于今,今之于古,外洋之于中国,中国之于外洋,其规律也是如此。

在文学史上,南宋以来,又有所谓市民文学,好像是与乡土文学对立的。其实这一名词,也很难成立。平话形式的梁山故事,固然可以说是市民文学,但一成为《水浒传》,就很难这样说。城市是个非常复杂的所在,人也是很混杂的,它固然可以是首善之区,藏龙卧虎;但也可以是罪恶的渊薮,藏污纳垢。以城市来划定一种文学形式是不稳定的,因此是不科学的。

凡是文艺,都要有根基,有土壤。有根基者才有生命力,有根基者才能远走高飞。不然就会行之不远,甚至寸步难行。什么是文艺的根基呢?就是人民的现实生活,就是民族性格,就是民族传统。根基也在受内在和外来的影响,逐渐变动。

　　因此,凡是根基深的文学艺术,它就可以为当时当地的人民所喜爱,它就可以走到各个地方去,为那里的人民所接受,它就可以传之永久。

　　绍棠当前所写的,所从事的,只要问根基扎得深不深,可以不计其他。我以为绍棠深入乡土,努力反映那一带人民的生活和斗争,风俗和习惯,这种创作道路,是完全可以自信的,是无可非议的。自己认真做去就可以了,何必因为别人另有选择,自己就画地为牢,限制自己?作家的眼睛,不能只注视人民生活的局部,而是要注视它的全部。绍棠不要把自己囿于运河两岸。没有一成不变的乡土文学, 就像人间并没有世外桃源一样。不管多么偏远的地区,人民的生活,也在不断变化。外来的东西,总是要进来的,只要民族的根基深,传统固,自信力强,那是没有什么可怕的,也无需大惊小怪。

　　当然,我们不能提倡媚外文学。在三十年代,鲁迅把

那种讨好外国人,以洋人的爱好为创作标准的文学,称作
"西崽像"的文学。

一九八一年二月十八日午饭之后记

与友人论传记

前承问写传记的方法，这固然不是我所能说得完全的。但在阅读了一些中国历史书籍以后，对于中国历史传记写作的道理及其传统，却有一些领会。现略加整理分析，供你参考。我国在历史上，很重视传记，断代史中，人物传记占绝大部分。作为很重要的一种文体，在作家专集中，分量也很大。《春秋左传》，自古以来，就与经书同列。可见"传"在中国文化遗产中，所占的位置。

但这主要是就历史而言，在文学创作上，传记的成就，是不能和历史著作相比的。历史与文学，虽有共同的根源，即现实、环境、人物，但历史并不等于文学。文才并不等于史才。有些大作家写的传记，常常不如历史学家。把文史熔为一炉，并铸出不朽的人物群像的，只有司马迁、班固。此外，陈寿、范晔，已经史重于文。至于欧阳修，在文学上，虽享大名,所撰《新唐书》及《新五代史》,其中传记,已经不能同班马并论,常常遭到他人的非议。

史学的方法和文学的方法,并非一回事,而且有时很矛盾。史学重事实,文人好渲染;史学重客观,文人好表现自我。只就这两点而言,作家所写的传记,就常常使人不能相信了。

班马固然也是文学家,但是他们的做法,是从历史着眼,是尊重历史,尊重客观。在他们写历史作品的时候,也表现了文学的才能。这种才能,只是为历史服务,个人爱好,退居到第二位。越是采取客观态度,他们的作品完成以后,他们的文学才能,越是显得突出。有些人,在写作历史传记时,大显其文学方面的身手,越是这样,当他们的作品写成时,他那些文学方面的才华,却成了史学方面的负担、堆砌臃肿和污染。文学的脂粉涂得过多,反倒把人物弄丑了。晚清有个王定安,是曾国藩的得意弟子,他撰写的《湘军记》,不能说用力不勤,材料也不能说是单薄无据,就因为存心卖弄才华,文字写得扭捏作态,颇不大方,就被别人耻笑,以为不如王闿运的《湘军志》。其实,王的书,也是文学家的历史著作,并无突出优异之处,不过他稍稍知道写历史的道理,能略加收敛文学天才而已。

人物传记,自古以来,看作是历史范畴。它的写作特点,归纳起来,有以下几个方面:

　　一、记言记行并重。《史记》《汉书》都是如此。记述人物一生重要行为,即决定性的关键性的行动,记述其与此种行动相辅相成的语言。《三国志》裴松之的注,特别注意记一个人的语言。深刻隽永的语言,颇能表现一个人物的风格面貌。这种用语言表现人物的写法以后演变为多种多样的《世说新语》一类的书,本身也是一种历史。语言,不只反映人物的思想作风,也是人物行为的基础,所以很被史学家重视。

　　二、大节细节并重。古代史家,写一个人物,并不只记述他的成败两方面的大节,也记述他日常生活的细节。司马迁首先注意及此,效果甚佳。就像刘邦、项羽这些大人物,他也从记述其日常的言行着眼。而在写一些微末之士的时候,则多着眼其言行两方面的荦荦大端,显露其非凡之一面。

　　三、优点缺点并重。历史传记,首先注重真实,而真实是从全面、整体中提炼出来的。因此,历史所表现的人物,很少是神化的完人。《三国志》写关羽,写其功劳战绩,也暴露其秽德失行。把关羽神化,是后来小说和剧本干的事。优缺点并重,功过并举,才是现实生活中的"完人",抽象的完人,是不存在的。

四、客观主观并重。历史,整个地说来,是客观存在。人物的言行,看来是主观的,但必然受历史的制约。古代传记,所写的人物,从历史环境、历史事件中表现,如曹操之于汉末,诸葛亮之于三分。客观环境与主观意志,紧密结合,历史与人物,才能互相辉映,相得益彰。在传记中,人物主观成分的表现,不能过多,主要是表现其与时代相触发相关联的契机。

传记能否写得成功,作者的识见及态度,甚关重要。当然,作者要有学,掌握的材料要多。但材料的取舍、剪裁,要靠识。识不高则学无所用。识不高也难于超脱,难于客观,难于实事求是。写传记,有如下数忌:

一、忌恩怨、忌感情用事。传记所写是历史,只求存实。是为了后人鉴戒,所以也求达理。不真实则理不能通,并能悖理,于后世有害。写传记,对成功者,不能预先存恐惧之念,对失败者不能预先存轻侮之心。对己有恩者不过誉,对己有怨者不贬低。个人恩怨,排除净尽,头脑冷静,然后下笔。如不能做到,就可以不写。

二、忌用无根材料。写传记,都知看重第一手材料。即个人观察所得,眼见是实的材料。这种材料,是不易得到的。即使调查来的材料,也还有个剪裁取舍的问题,不一定完全可靠。至于文献记载,就更应该有所鉴别。过去,人物传记,有所谓家乘,即本人家族保存的材料;有所谓弟子记,即他的门人记录的材料;有所谓碑传,即死后刻在墓碑上的文字。这些材料,还都不能叫做传记,其中有很多不实之处。历史家把这些材料,都看作第二手材料,加以取舍。作者还要实地考察。直接观察以求更可靠的印象和材料。司马迁世为史官,掌握着不少文字材料,但他在写作《史记》之先,还是要出去旅行,访问故老,收集传闻。

三、忌轻易给活人立传。一部廿四史,大多数都是写在改朝换代之后。人物都已死去很多年。时过境迁,淘汰沉淀,对他们已经有了一个比较固定的评价。这样写来,容易客观。即本朝国史馆立传,也在盖棺论定之后。排除人事纷扰,再为一个人立传。这是历史传记写作的一个优长之处。当然,年代久远,也容易传闻异词,毁誉失度,有时几十年的事情,就弄不清楚,何况年代更久?这就要看史家的眼光,即识力。

给活着的人立传,材料看来易得,实际存在很多困难。干扰太多,不容易客观。他自己写的自传,也只能看作后人为他立传的材料,何况他人所为?

四、忌作者直接表态。中国历史传记,很少夹叙夹议、直接评价人物的写法。它的传统做法是"春秋笔法",寓褒贬于行文用字之中,实际上是叫事实说话,即用所排比的事件本身,使读者得到对人物的印象、评价,因之引出历史的经验教训。大的史学家只是写事实,很少议论。司马迁在写过一个人物之后,有"太史公曰"一小段文字,谈他对这一人物的印象和评价,也是在若即若离之间,游刃于褒贬爱憎之外。又有时谈一些与评价无关的逸闻琐事,给文字增加无穷余韵,真是高妙极了。班固以后,这种文字,称"赞"或称"史臣曰",渐渐有所褒贬,但也绝不把这种文字滥入正文。

外国有一种所谓评传,一边叙述人物的历史,一边发挥作者对人物的见解,中国史书上是少见的。

五、忌用文学手法。外国还有一些传记作品,出自大文豪的手笔,如罗曼·罗兰和巴比塞所写的名人传记。这种传记,是作家的创作,是以作家的意志见解,去和人物的心理思想交融。这是一种非常带有灵感的写法,作为文学作品,当然是无可非议的,但作为传记,就令人有些玄妙之感。这是天才的传记,平凡的笔墨不能追步后尘。

现在，为活着的人写的传记，有时称作"报告文学"。作者凭主观意志，功利观念，对人物表示了充分的爱憎。还有很多想当然的描写，甚至有一大段一大段的作者抒怀，这已经不是传记，而近于小说或叙事诗了。

　　历史、人物传记，都可以转化为小说、戏曲。《三国演义》是最著名的了。开了"七分史实，三分演义"的先河。《三国演义》能在同类小说中领先，是因为它得天独厚：一、三国的历史形势，济济人材，鼎足与纷争，都有利于结构小说；二、裴松之的注，材料丰富，人物方面，不只有行，而且有言有貌，易于摹画。《三国演义》产生之前，社会上已经有三国故事和三国戏曲，人物的形象、性格已初步具备。其他历史演义，就因为没有这样好的基础，所以写不好。如《隋唐演义》，还有些人物形象，如五代史平话，则太显粗糙，没能从历史脱胎出来。

　　传记是属于历史范畴，它可以成为文学作品，但不能当作文学作品来写。可以说有传记文学，但不能说有文学传记。史笔和文学之笔，应该分别开。

　　舞台上，赵云的戏有好多出，《三国志》赵云传，不过几行，我们要认识赵云，就要根据这几行文字，而不能根据舞台上那么多的戏曲。人物一旦变为文学艺术中的形象，几乎就与历史无关了。

历代大作家，如韩愈、柳宗元所写的，名为传而实际是寓言的作品，唐宋传奇中的，名为传实际是小说的作品，都是文学作品，作者主观成分多，都不能当作历史传记来看。

古人著书立说，有时称作"删定"或"笔削"。就是凭作者识见，在庞杂丛芜的材料中，做大量的去伪存真的工作。文学家不适宜修史，因为卖弄文才，添枝加叶，有悖于删削之道，能使历史失实。

一九八一年三月二十五日

与友人论学习古文

　　承问我学习古代文字的经验，实在惭愧，我在这方面的根底很薄，不能冒充高深。

　　我上小学的时候，是一九一九年，已经是国民小学。在农村，小学校的设备虽然很简陋，不过是借一家闲院，两间泥房做教室，复式教学，一个先生教四班学生。虽然这样，学校的门口，还是左右挂了两面虎头牌："学校重地"及"闲人免进"。

　　你看未进校门之先，我们接触的，已经是这样带有浓厚封建国粹色彩的文字了。但进校后所学的，还是新学制的课本，并不是过去的五经四书了。

　　所以，我在小学四年，并没有读过什么古文。不过，在农村所接触的文字，例如政府告示、春节门联、婚丧应酬文字，还都是文言，很少白话。

我读的第一篇"古文",是我家的私乘。我的父亲,在经营了多年商业以后,立志要为我的祖父立碑。他求人——一位前清进士撰写了一篇碑文,并把这篇碑文交给小学的先生,要他教我读,以备在立碑的仪式上,叫我在碑前朗诵。父亲把这件事,看得很重,不只有光宗耀祖的虔诚,还有教子成材的希望。

我记得先生每天在课后教我念,完全是生吞活剥,我也背得很熟,在我们家庭的那次大典上,据反映我读得还不错。那时我只有十岁,这篇碑文的内容,已经完全不记得,经过几十年战争动乱,那碑也不知道到哪里去了。但是,那些之乎者也,那些抑扬顿挫,那些起承转合,那些空洞的颂扬之词,好像给我留下了深刻的印象。

然后我进了高等小学。在这二年中,我读的完全是新书和新的文学作品,父亲请了一位老秀才,教我古文,没有给我留下任何印象。因为我看到他走在街头的那种潦倒状态,以为古文是和这种人物紧密相连的,实在鼓不起学习的兴趣。这位老先生教给我的是一部《古文释义》。

在育德中学,初中的国文讲义中,有一些古文,如孟子、庄子、墨子的节录,没有引起我多少兴趣。但对一些词,如《南唐二主词》、李清照《漱玉词》和《苏辛词》,发生了兴趣,一样买了一本,都是商务印书馆印的学生国学丛书的选注本。

为什么首先爱好起词来？是因为在读小说的时候,接触到了一些诗词歌赋。例如《红楼梦》里的葬花词,芙蓉诔,鲁智深唱的寄生草,以及什么祖师的偈语之类。青年时不知为什么对这种文字,这样倾倒,以为是人间天上,再好没有了,背诵抄录,爱不释手。

现在想来,青少年时代,确是一个神秘莫测的时代。那时的感情,确像一江春水,一树桃花,一朵早霞,一声云雀。它的感情是无私的,放射的,是无所不想拥抱,无所不想窥探的。它的胸怀,向一切事物都敞开着,但谁也不知道,是哪一件事物或哪一个人,首先闯进来,与它接触。

接着,我读了《西厢记》,苏曼殊的《断鸿零雁记》,沈复的《浮生六记》。一个时期,我很爱好那种凄冷缠绵,红袖罗衫的文字。

无论是桃花也好,早霞也好,它都要迎接四面八方袭来的风雨。个人的爱好,都要受时代的影响与推动。我初中毕业的那一年,"九一八"事变发生;第二年,"一·二八"事变发生。在这几年中,我们的民族危机,严重到了一触即发的程度。保定地处北方,首先经受时代风云的冲激。

报刊杂志、书店陈列的书籍,都反映着这种风云。我在高中二年,读了很多政治经济学方面的书籍。我在一本一本练习簿上,用蝇头小楷,孜孜矻矻作读《费尔巴哈论》和其他哲学著作的笔记。也是生吞活剥,但渐渐觉得它们确能给我解决一些当前现实使我苦恼的问题。我也读当时关于社会史和关于文艺的论战文章。

这样很快就把我先前爱好的那些后主词、《西厢记》,冲扫得干干净净。

高中二年,在课堂上,我读了一本《韩非子》,我很喜好这部书。读了一部《八贤手札》,没有印象。高中二年的课堂作文,我都是作的文言文,因为那时的老师,是一位举人,他要求这样。

因为功课中,有修辞学、有名学(就是逻辑学)、有文化史、伦理学史、哲学史,所以我还是断断续续接触了一些古文,严复、林纾翻译的书,我也读了一些。

高中毕业以后,我没有能进入大学,所以我的古文,并没有得到过大学文科的科班训练,只能说是中学的程度。

以上,算是我在学校期间,学习古文的总结。

抗战八年间,读古书的机会很少,但是,偶尔得到一本,我也不轻易放过,总是带在身上,看它几天。记得,我背过《孟子》、《楚辞》。

你说,已经借到一部大学用的《古代汉语》,选目很好,并有名家注释。这太好了。文化大革命后期,我没有书读,也是借了两本这样的书,每天晚上读,并抄录下来不少。

我们只能读些选本。鲁迅反对读选本,是就他那种学力,并按照研究的要求提出的。我们是处在学习阶段,只能读些有可靠注释的选本。我从来也不敢轻视像《古文观止》、《唐诗三百首》这样的选本。像这样的选家,这样的选本,造福于后人的,实在太大了。进一步,我们也可以读《昭明文选》,这就比较深奥一些。不能因为鲁迅反对过读文选,我们就避而远之。土地改革期间,我在小区工作,负责管理各村抄送来的图籍,其中有一部胡刻文选的石印本,我非常爱好,但是不敢拿,在书堆旁边,读了不少日子。

至于什么《全上古汉……文》、《全汉三国晋南北朝诗》,对我们来说,买不起又搬不动,用处不大。民国初年,上海有一家医学书局,主持人是丁福保,他编了一部《汉魏六朝名家集》,初集共四十家,白纸铅印线装,轻便而醒目,我买了一部,很实用。从中,我们可以看到,很多大作家,留给我们的文集,只是薄薄的一本,这是因为当时不能印刷广为流传，年代久远，以至如此。唐宋以后，作家保存文章的条件就好多了。对于保存自己的作品，传于身后，白居易是最用了脑筋的，他把自己的作品，抄写五部，分存于几大名山寺院之中，他的文集，得以完整无缺。

唐宋大作家文集，现在都容易得到，可以置备一些。这样，可以知道他一生写了哪些文章，有哪些文体，文集中又都附有关于他的评论和碑传，也可以增加对作家的理解。宋以后的文集，如你没有特殊兴趣，暂时可以不买。

读古文，可以和读历史相结合。《左传》《战国策》，文章写得很好，都有选本。《史记》《三国志》《汉书》《新五代史》，文章好，史、汉有选本。此外断代史，暂时不读也可以。可买一部《纲鉴易知录》，这算是明以前的历史纲要，是简化了的《资治通鉴》，文字很好。

另有一条道路，进入古文领域，就是历代笔记小说，石印的《笔记小说大观》，商务印的《清代笔记小说选》，部头都大些。买些零种看看也可以。至于像《世说新语》《唐语林》《摭言》《梦溪笔谈》《洪容斋随笔》等，则应列为必读的书。

如果从小说进入，就可读《太平广记》《唐宋传奇》、《聊斋志异》和《阅微草堂笔记》。这些书，大概你都读过了。

至少要读一本文学史,谢无量的《中国大文学史》,鲁迅常引用。文论方面,可读一本《文心雕龙》。

学习古文,主要是靠读,不能像看白话小说,看一遍就算了。要读若干遍,有一些要背过。文读百遍,其义自明,好文章是越读越有味道的。最好有几种自己喜欢的选本,放在身边,经常拿起来朗读。

总之,学习古文的途径很多。以文为主,诗、词、歌、赋并进,收效会大些。

手边要有一本适宜读古文的字典,遇到一些生字,随时查看。直到现在,我手边用的还是一本过去商务印的《学生字典》,对我的读书写作,帮助很大。

学习古文,除去读,还要作,作可以帮助读。遇有机会,可作些文言小文,这也算不得复古,也算不得遗老遗少所为,对写白话文,也是有好处的。

一九八一年三月二十八日

祝衡水《农民文学》创刊

衡水地区办的文学刊物,起个名字叫《农民文学》,表明这一刊物,将多发表农村题材的作品,其作者主要是农民、农村干部和知识分子。这种主张很好。抗日战争期间和解放战争期间,解放区和根据地办的刊物,也是这个方向。那时战士也是从农民来,农民也就是战士,无论诗歌、小说,都是农村题材,可以算是纯粹的"农民文学"。农民读书总有个习惯,有个传统,这就是所谓民间的形式,但也吸收外来的东西,有时吸收得还很快。所以在文艺上,应该以民族传统为主,但也不排斥外来的好东西,至于那些名为"洋",而其实似是而非,或者非驴非马的东西,农民接受不了,农民并不喜欢"假洋鬼子"。

"农民文学"作为一个刊物的名字,并无不可。但文学不能以社会职业区分。如果那样,文学的种类就太多了,比如"工人文学"、"商人文学"、"学生文学"……这样分,是不科学的。文学不能以作者职业分,也不能以所写题材分。好的文学作品,是谁也爱看的,没有界限的。

　　谨祝

《农民文学》办好。

一九八一年五月二十八日

业余创作三题
——在一次座谈会上的发言

一、现实题材

按照目前革命形势的需要，我们反映现实生活、斗争的作品，好像是少了一些。这实在应该引起我们深思。现实生活是最丰富的，容光照人的，我们应该首先注意它。回忆过去的事情，也应该以现实意义作为指导。历史上，当时起影响最大，教育意义最深刻的作品，都是反映了现实斗争的。文学的首要任务，应该是反映当前的生活和斗争。现实意义和推动现实的力量，是衡量作品的重要标准。在生活中，我们都是先集中精力处理中心工作和日常生活事务，稍有闲暇，才回顾历史、回忆往事。文学是生活的反映，它的规律也应该如此，应该以反映现实作为第一义的任务。在阅读习惯上，群众也是喜欢看那些很快反映现实生活的作品。这不只是关心这些生活和斗争,也希望从这些文艺作品中,获得教育和鼓舞的力量。历史上这种例子是很多的。

比如我们现在开会的这里,原是我上中学的地方。南边是过去的河北大学;河北大学的东边,隔一条马路,是第二师范。那年,第二师范的同学们起来革命,发动护校斗争,反动军警包围了这所学校,同学们威武不屈。这是当时为广大学生界关心的现实斗争。那时上海左联办的《文学月报》第五、六期合刊上,刊登了一篇题为《福地》的小说,描写二师的同学坚持护校,把校园的草都掘着吃了,河北大学的同学们,买好大饼,用掷铁饼的劲头,隔着围墙、马路,抛到第二师范的院里。时隔几十年,我对这篇作品的印象还非常清楚,原因在哪里?这还不是因为它很快地反映了群众所最关心的现实斗争吗?

无论从生活的规律和创作的规律,文学都应该是和现实息息相关的,血肉相连的,稍有游离,就是经不起考验的。

高尔基的《母亲》,因为及时反映了当时俄国工人阶级的革命生活,教育了工人群众,推动了当时的斗争,所以列宁给予这部作品很高的评价。绥拉菲莫维支的《铁流》和法捷耶夫的《毁灭》,当时被我们那样热烈地爱好,也是因为它们不只及时地反映了苏联当时的革命斗争,并且能和我们当时的革命斗争密切结合起来的缘故。我国"五四"以来,反映当时斗争的作品,在我们的记忆中是非常清楚的。鲁迅的第一篇小说《狂人日记》就是反映了当时人民的反封建的迫切要求,它的影响才能这样深远。而那些写历史题材或与现实游离的作品,我们的印象就很模糊了。

我们无妨再往上追溯一下:中国文学,从古代歌谣起,可以说以反映现实生活为主的。如汉代、或更古的歌谣就是如此。其他形式的短篇也是这样。很多文章都是面对现实事件,描写了人物、风景,并鲜明地说明了作为主题思想的道理。我很喜欢《岳阳楼记》,这篇文章,触景生情,因情见志,立意深远,文采斐然。它所说明的"先天下之忧而忧,后天下之乐而乐"的道理,直到现在还有用,中学里仍在背诵这篇文章。它是"报告文学",作者也是业余作者。

反映现实,写当前的斗争,也是我们练习笔墨的好机会,就像绘画的写生一样。如果希望成为一个大画家,必须面对实物练习素描。写现实,对政治锻炼也有好处,能够使我们的政治思想和艺术修养很好地、自然地结合起来,一同进步。

从历史上看,好作品的产生,常常是随着斗争形势、革命的发展转移的。有句文学名言:没有斗争,就没有戏剧。可以说,哪里有斗争,哪里就容易出现好的作品。"五四"运动发动在北京,北京当时就出现了好的作品;大革命失败后,上海产生了好的、革命的作品;抗日战争时期,华北的斗争很激烈,产生的作品就比较多。这是斗争的结果,也是当时革命的需要。"九一八"以后,日本人占领东北,东北的斗争最艰苦,那里也曾产生了好多引人注意的作品。

我们应当重视现实题材,重视生活、工作在斗争中间的作者。你们战斗、生活在第一线,从你们中间一定能产生优秀的作品,优秀的作家。

二、业余写作

不论中国还是外国,最古的文学作品都是从业余产生的。所谓专业作家,是社会分工比较明细以后才有了的。在中国好像更是晚近才有的。在旧社会里,专业作家是很少的。历史上很多好文学作品,都是业余作者写出来的。很多大作家,都是从业余写作开始的。如契诃夫是医生,巴尔扎克是律师、梅里美是考古学家。他们长期从事一定的工作,有生活积累,坚持业余写作,后来才成为专

75

业作家。中国的作家,有很多成名以后,还是坚持业余写作的。

我个人对业余写作,很是羡慕。有的同志在业余写了好作品,专业以后反写不大好了,这是个值得注意的问题。我们不能离开生活,不离源泉,才能够常有水喝。

我感到业余写作,应该注意几个问题:

要弄好群众关系。单从我们写作的角度来看,也必须弄好群众关系。使他们关心你的写作,就像你正在做一件为很多人所盼望成功的有关公益的事情。使群众觉得你的写作,和他们有关系,是他们的工作的一部分,和他们工作的目的是一致的。常常听到他们的意见,得到他们的帮助,这样就能够不断改进你的创作。把作品念给群众听,我觉得比念给作家、评论家听要好得多。

我们业余写作,要特别注意这个问题。如果把上下、左右的关系都处好了,有很多人帮助你支持你,你的工作就便利得多。

不要以为写东西很特殊。不要使别人有这种感觉,自己更不要这样想。不要骄傲。骄傲容易坏事,对我们来说,前车之鉴可以说是不少了。有的同志说:我们没有骄傲的本钱,我们才写了很少的东西。不要这样说,写很少的东西,有时也会自满的。骄傲自满,是人的最不容易克服的弱点之一。

如果对自己的作品时常感到不满足,那进步就快了;如果时常感到自己的作品是至高无上的, 甚至是前无古人的,那你就会停滞不前。在艺术领域里,第一次写得比较出色,并不保证第二次照样出色。但如果写了一部较好的作品,便骄傲起来,那是大致可以断定第二部是写不好的。一般工艺制造,尚且不能凭仗"名牌",何况艺术?

不要找捷径。大家都知道艺术工作是没有捷径的。所谓"捷径",我现在也举不出具体例子来。去年春天,有个乡亲从家里跑到天津来,要求在写作上"重点培养",跑了好几个编辑部,找了好几位作家谈话。他的热情是值得鼓励的,也很使我感动。但这样就耽误了生产,我劝他回去了。创作主要是靠自己刻苦努力,只靠别人的"经验"是不行的。

在我们这个时代,有各级党政领导的关怀和培养,只要我们刻苦地深入生活,参加斗争,写出好作品,是不会被埋没的。从事写作,应该像爬山一样,要有"处下不卑,登高不晕"的气概。这也可以说是"艺术修养"吧。

文学工作,要多练多写才行。业余作者也要大量地写。

当然不能耽误别的工作。我希望大家大量投稿,地方报刊,外地报刊,都可以投,要把自己的文学生活弄得很活跃,要从量中求质。我希望从各地刊物上看到你们的作品。你们要经常和编辑部保持密切联系。《天津日报》的《文艺周刊》,希望大家多为它写稿。

我很佩服在乡村里工作的知识分子。在一本小说里我以大量的篇章歌颂了这种人物。我非常尊敬在乡村中做文化工作的同志们。我觉得我们河北省是个文化繁荣的地方。我们有很好的传统,我们有好多次群众性的写作运动,这对发展繁荣我们的文学事业无疑是很有利的。我相信,我们的乡土,会产生大量的、优秀的、真正为群众喜爱的作家和作品。我希望大家千万不要自馁,写东西是要有那么一股子热情,一股子干劲的。要一鼓作气,充满激情,多多写作。

三、短小形式

我国文学一贯提倡短小,以简练为贵,这是我们祖国文学很好的传统。长篇小说是从明代产生的,当时城市人口大量集中，五方杂处。古时的作品都是短篇。有些书看来虽长，但它是由短篇凑成。中国有很多一二百字的好文章。它宣扬道理，记叙景物，很值得我们学习。宋代产生的话本，大都是短篇，其中很多反映了当时的现实生活。柳宗元几百字的短文章，写得非常之好。短篇在中国文学传统中占很重要的地位。

我们还要学习运用民间形式。所谓"运用"并不是轻而易举的事，假如读了几篇中国古典文学作品，觉到一些妙处，在写作时模拟了几笔，便自以为运用了"民族形式"，甚至"发展"了民族形式，这是没有根据的。这只能说是学习的开始。要多学要学透，才能运用。中国短篇文章体裁原来是很多的，只是古文就可分为十几类。这些形式今天我们很少运用。我们的文章体裁还应该花样多一些。大鼓词这种形式很好，很为群众喜闻乐见。我在冀中时写了一个时期的大鼓词，对我以后写诗、写散文，我觉得都很有好处。

曾有同志问我，在抗日时期，我的作品为什么都写得那样短小？我总结不出什么经验，也说不出什么道理。只记得那时报纸篇幅很小，只有《保定日报》一半那么大；墨水困难，一年只发两袋蓝色，要自己浸；纸张困难。也坐不下来，有很多文章是在膝盖上写的。现在条件好了，文章也要写得短小。短小的文章便于群众阅读,便于业余练习,也便于发表。

写作短篇时,要用大力量,要充分酝酿。不要草率从事。前天看报纸,安徽做墨,坯子要打一万二千锤,制出来的墨才好用,才够标准。实用的东西,尚且如此,文学艺术是意识形态,更要千锤百炼。

同志们,你们正在年富力强、感情丰盛、感觉敏锐的有为之年。你们正在按照毛主席所谆谆教导的生活在群众之中,火热的斗争之中。你们发掘着生活的源泉,享有着这个源泉,并能及时地把它艺术形象化,你们是革命时代的新型的知识分子、劳动者和文艺工作者。生活创造的火花和艺术创造的火花,将同时在你们的斧头、镰刀和笔墨下面迸飞放射。你们在生活和艺术方面的收获和影响,无疑的都将超越前人,成为文艺史上崭新的一页。从你们这一代起,将会消灭历史上长期存在的不同程度的艺术与生活、作家与斗争的脱节现象。我相信,你们已经自觉到这一点,自觉到所肩负的使命的光荣和重要。

一九六四年四月七日

契诃夫

——纪念他逝世五十周年

　　我们只能从他的作品认识他。我们也读了别人关于他的纪事,这些纪事常常是侧重一个方面,或者也有些渲染;他本人遗留下的通讯、日记和手册,自然是很重要的材料,但看到的也是一些片断。其实,对于像这样一个真诚的作家,我们只要认真地阅读他的作品,便可以全面地理解他了。

　　契诃夫作品的特色,究竟在哪些地方?它之所以永久被人爱好、具备这样强烈的感染力量,凭借的是哪些特质?有一次,契诃夫读了一篇学生作文,他对一位作家说:海——是阔大的,这描写很好。契诃夫作品主要的特色,就是朴素和真实。

　　朴素,对于我们当前的写作,是一个重要的问题。我们的创作道路,常常从朴素开始,而在有了一定成就和进展的时候,就会忽然转向浮夸,因而也就急剧地衰退和坠落了。这是一个非常可惜的下场。

为了什么要这样做呢?我们不能保持作品初期的朴素风格,像保持童年的天真那样努力吗?难道也有什么外界的影响像社会上残余的恶习一样,感染和诱惑了我们的笔墨?这些外界的影响,也还可能是存在的。例如一些人对于作品的不实际的要求,对于文学事业的盲目的吹捧或棒喝,文坛上残余的投机取巧、自吹自擂的现象,有的时候也会影响一个作家的健康成长。但是,主要的原因,还存在作家的主观方面。

在主观方面,也有分别。有的初学写作,在创作实践当中,一定会遇到很多的困难。例如刻划人物,虽然已经有很多理论家提供了很多办法,但还是解决不了我们在这一问题上的许多困难。我们的人物总是刻划不好。为什么在那些古典作家的作品里,三言两句,就使得一个并非主要的人物,也深刻地印证在读者的心里?为什么我们用这么多篇幅描写了的主要人物,还会被读者掩卷以后,立即遗忘?

这就不能不去学习,不能不发生向大作家学习的渴望。但是,学习的途径,不一定每个人都安排得很好。有的从理论书上找到一些条文，按性格、环境、内心、行动……等等方面，去捏造他的人物，有的从一些当代名家的作品里去学习那些能以或是已经招致了彩声和掌声的"风格"。如果学习得好，我相信是会有好处的。但这种学习，像勉强学习别人的举止，那些学习来的成果，常常是不自然的，反而掩杀了他本身的天真的特质。

我们的文坛，有的时候被想象作看台一样。初学写作者自然羡慕那些站在上面一层的人，他们想找些简便的办法，平步登云，和那些人站在一道去。有的人，写过几篇文章，便不知道为什么骄傲起来，在作品中，也要装个样儿，这也是使作品失去朴素，装塞浮夸的一个原因。

这就使得文坛上的浮沉起伏的现象，频繁和急骤起来。在文学园地里，新的花朵不断开放，新的果实不断结成，新的林木不断矗立起来。这是很好的现象。有的作品能够像恒星一样，在天空长期悬照，但也有的像流星一样，很快地陨落了，即使它当时带有多么摇曳强烈的光辉。

这些自然现象，只能促使我们自警，不断地努力，却不能采取什么别的手段，勉强维持自己的作家的名气。作家应该有修养，有把持，就是认真地、坚韧地深入生活，从切实的阶梯，攀上文坛的高垒。

这样,我们就应该从契诃夫的创作道路学习。契诃夫说:

"一个人必须……不顾惜自己地……工作了一生。"

契诃夫从学生时代,就开始写作了。从幼年,他就积累了很多深切的生活感受,契诃夫是一个很善观察和想象的人。他一开始写作,就表现了很大的毅力,他写得很多很快。写得多和快,这常常是表现着作者生活感受的丰富和创作热情的高涨。他常常写着一篇故事就想起了另外一篇,他在业余的时间,一个晚上就能完成一篇小说。这种顽强的创作实践的精神,是契诃夫创作成功的一个重要因素。

当然,契诃夫向编辑们说过这样的话,他指着桌上的一个烟盘说:如果你要一个这样题目的故事,明天便可以交给你一篇。这并不是玩笑话,更不能说契诃夫创作态度不严肃。他所以能够这样保证,是因为他素常积累的材料很多,构思的方面很广,他的创作要求,像喷泉一样,能满足和冲激到各个方面。

契诃夫一直没有离开群众,一直没有减低对人民生活的关怀。他担任医生,很长时间做慈善事业,做调查工作。医务工作,使他有机会接触到各方面的人。

根据人们对他的回忆，忠诚和朴实是作家契诃夫人格的主要特色。这种特色突出地、自然地表现在他的作品里，形成他特有的风格。从他早期的作品，那篇诗一样的小说《草原》，我们就完全为作家的这种伟大的胸怀感动了。

　　这种伟大的胸怀，真正拥抱和了解了他那国土的全部事物，表现在他对人的美丽的和善良的品格的发扬和维护，对于弱小的和不幸的扶养和同情。他常常为美丽的东西被丑恶的东西破坏而痛心，即便是一棵小小的花树，一只默默的水鸟或一处荒废了的田园。他对俄罗斯人民的伟大的可尊敬的性格，抱有坚强的自信，对于他的祖国必然走向幸福富庶之途，作过无数次的辩证和召唤。

　　关于契诃夫在文学事业上所达到的高尚的成果，我想不用再来赘述。我们只想说，契诃夫的作品曾经坚定了他同时代人民的善良的信心，并热烈地鼓励了他们。他全力追求的是快乐和幸福。冷漠和孤僻与他绝对无缘。他的作品会永久有助和有益于人类向上的灵魂。当然我们也反对把契诃夫拉出他的时代，强加给他在当时不可能完成的任务。

　　我们只想说明契诃夫具备一个当作作家来看的完整

的品格。这种品格是应该学习的。这种品格从大的方面来说，是作家对他的祖国和人民的改革和进步所作的重大的努力，他所表现的高贵的责任心、忠实性，以及无微不至的关怀。具体到作家本身，契诃夫有着完整的个人品格，在完成社会职责和做人的道德上，有很多值得我们学习的地方。

我想不会有人把契诃夫那贯注一生的对事业的认真，对朋友和同志的信用和帮助，对家庭成员：母亲、弟妹、妻子的强烈的爱，看作"旧道德"吧。今年纪念契诃夫的时候，我想会有他的妹妹和妻子的声音，在契诃夫生时，她们是多么了解过和信赖过自己这一位善良的亲人啊！她们会更多地告诉我们契诃夫在日常生活里的对人的真诚和爱。

所有这一切，在契诃夫那里，都是朴实的、自然的。契诃夫非常反对造作。他有一次说：有些真正像虎狼一样的人，有时还把爪牙隐蔽起来，装作安详的样儿，而有些文人，却把自己装扮成张牙舞爪的样儿。他觉得很奇怪。这种造作表现在作品上就会是自命不凡，虚伪夸张，大声喊叫，企图叫读者认为这篇文章的作者，确是一个英雄，一个大力士，一个时代的歌手。

做人的朴实和文字的朴实有密切的关联。有时候，是因为作者脱离实际，本钱小了，不得不装模作样，故弄玄虚。有时候，是盲目地学习的结果。前些时候，我看过一个同志寄来的小说，内容很充实，文字也很朴素，有些中国古典白话短篇小说的风格，这篇作品后来在一个刊物上发表了。过了一个时期，又有机会看到了这位同志写来的一篇作品，在这篇作品里，情节本来很简单，但文章写得很长，原因是他叫他的人物说了很多无谓的话，做了很多无理取闹的行动，想了很多奇奇怪怪的问题。在夜晚，这个人物起来又躺下，躺下又起来，说一阵，想一阵。作品中充满一大段一大段的道理，哲理，实际上都是没用的话。而他写的是一个久经考验的战斗员，这种写法很明显地和人物的性格不相称。这篇作品，被删去了二分之一，留下了那些实际的可能的东西也发表了。不知道这位同志，对这次删改是什么看法，会从中吸取什么教训。我们觉得这样删改是对的，是去伪存真的工作。这就是因为作者要学习什么，学坏了。他忘记了，作家主要的要向生活学习。生活本身，即便是激烈动荡的场面，也可以用朴实的笔法表现出来，这就是现实主义的功力。真实地朴素地表现一种事物，确实比喊叫着夸张着表现困难得多，但这正是现实主义较之那些空洞地渲染和虚伪地抒情更为可贵的地方,我们应该努力学习的地方。

有人说,目前这些不三不四的"性格"刻划,铺张浪费的"心理"描写,擦油抹粉的"风景"场面,是不学习民族遗产,醉心外国小说的结果。这是不正确的说法。固然,不学习民族遗产,是产生这种现象的一个原因,但任何好的外国作品都没有显示着这些造作。造作的本身只能归咎于作者生活的贫乏,和矫揉的创作态度。

从契诃夫的作品里,我们会学习到对待文学事业的朴实作风,他走过的这条从小到大,日积月累,从单纯到复杂的切实的创作道路,永久被强烈的阳光照耀着,通过繁盛的林木田野,广阔而长远。

"我承认,"有一位熟知契诃夫的人说,"我遇见过和契诃夫一样诚实的人。但是像契诃夫那样朴质,那样不装腔不矫情的人,我却从没见过第二位。"

一九五四年六月二十四日

幸存的信件序

下面是我在一九五九年以后几年间,因为工作关系,写给冉淮舟同志的信件。那时,我正在养病,又要出版几种书,淮舟帮助我做了许多抄录、编排、校对工作。其中主要是对于《风云初记》的结尾,《白洋淀之曲》的编辑,《文学短论》的选择,《文艺学习》的补充,等等方面的协助。

在这些工作进行中写了这些信件。淮舟写给我的信,在一九六六年以前,我就全部退还给他保存了。并不是我预见到要有什么大的灾难,是我当时感到:我身体很坏,恐怕活不长久了。

我写给他的这些信,在一九六六年以后,我连想也没有想过。按照一般情况,它们早已丢失或被销毁了。

现在,淮舟把它们抄录成册,作为一种礼物,给我送来,使我大吃一惊。

这些信件和我送给他的书籍，都存放在保定他的爱人那里。在武斗期间，他的爱人不顾家中其他财物，背负着这些书籍信件逃反，过度劳累，以致流产。

我想：如果淮舟在一九六六年以前，也把这些信件退还给我，那一定是只字不存了。那时他曾把他搜集到的我的旧作一束，交我保存，其结果就是如此。

我的家被抄若干次，其中一次是由南开大学红卫兵执行，尤其严重，文字稿件都失去了。当然也剩下一些，他们走后，家里人又自抄一次，这样文字就真正在我的住所绝迹了。

那时，正值严冬，住室的暖气被拆毁，一天黎明，我的重病老伴，把一些本子，信件，甚至朋友的照片，投进了火炉。她并不认识字，但她好像明白：在目前，就是一个无关紧要的字纸片，比如之乎者也，也会引起意想不到的大灾祸。于是按照旧社会"敬惜字纸"的办法，把它们化为灰烬。

在这种非常年月，文人的生命，不如一只蝼蚁，更谈不上鱼雁的友情。烧毁朋友的函件，是理所当然，情有可原，谁也不会以为非礼的。

经过了这场动乱之后，我给朋友写信，一律改用明信片。我也不再保留朋友的来信。信，凡是看过，先放进纸篓,过一个时期,捆绑起来,和劈柴放到一块去,准备冬天生火之用。远近知好,敬希谅察。

所以,当我见到淮舟和他的爱人,能在那些年月,保留下我的信件,就非常感动,对这些信件,也就异乎寻常地珍重。

这些信,涉及到我过去的写作生活,我原始的文艺观点。也涉及到抗日战争时期,我在冀中区和晋察冀边区参与的文艺工作。现将有关我的创作者,略加订正,发表出来,供读者参考。

一九七九年九月十日

柳溪短篇小说选集序

一九四六年春天,我到了河间。《冀中导报》给我登了像一张麻将牌那么大的一条"消息",这则消息,使我几乎得福,旋而得祸。

区党委听说来了一个作家(那时还很少这样称呼),就想叫我去担任"重要职务"。这在别人看来,显达的通途,已经展现在我的面前。可是一问熟悉我的人,都说:"他干不了。"因此就没有做了官,一直潦倒至于今日。至于那祸,因为这则有人认为是"骇人听闻"的消息,它的副作用也相当大,第二年土地改革,就给我引来了本可避免或从轻的批判。虚名能招实祸,这是我第一次的体验。

没有担任"重要职务",区党委还是很关心我,叫我主编了《平原杂志》,确实是"主编",因为并没有一个同事。编辑部就设在冀中导报社的梢门洞里,靠西墙放一扇门板,是我的床铺兼座位,床前放了一张小破桌。

不久,传说新从北京来了一位女学生,很洋气。又不久,传说区党委觉得我一个人办刊物太烦劳,要把这位女学生分配到这里来。这并非讹传,一天上午,女学生姗姗而来,坐在了我的门板上,这就是柳溪同志。

我和她作了简短的谈话。送走她以后,我想:从在山里时,我就是一个人编刊物,已经成了习惯。添一个人,反倒多一个人的麻烦。又是个女的,诸多不方便。我随即这样回复了上级。

我那些年,并不像现在深居简出,蛰伏一处。时常出去云游,芒鞋破钵,云踪无定,一出去就是十天半月。回来编刊物、写稿子的时间,也不过是半月。

有一年的初冬,我正在饶阳、博野之间的田野里云游,忽见一个农村少妇,两手把一个肥胖的婴儿托在胸前,在荒野小道上,大踏步迎面而来,走在跟前,我才认出是柳溪。她已经结婚生子,并且完全农民化了。

我同她站在大道上,寒暄几句,又各奔东西。

那一天的明丽的阳光,带有霜雪的田野,沉睡的婴儿和风吹日晒的母亲,给我留下很深的印象。

我不记得柳溪在老区的写作情况,进城以后,她很快就成为有名的作家了。

在老区,也没有"女作家"这个称号,就是荷枪的女战士,也并不享受什么特殊的荣誉和待遇。在大都会,则是另一回事。女作家一旦成名,便有很多身外之物包围她。柳溪好像并没有这种经历,未享捧场之乐,已遭坠渊之苦,她的命运可以说是很坎坷了。

去年我才知道她是纪昀的后代。君子之泽,五世而斩,柳溪幼时,恐怕她的家庭,已经没落了。然而,正像荣华是没落之基一样,没落是奋起之基,柳溪幼年的学习,以及后来的写作,都是很刻苦的。我相信遗传学,她的文字,她的为人,据我看来,都有她远祖的遗风。她为人开朗,好言笑。文思敏捷,其才足以副之;刻画深到,其学足以成之。时有嘲讽,发人深省;亦富娓娓,听者不倦。她的作品,在她给《天津日报·文艺周刊》投稿时,我已经拜读不少,常常为她那种女同志不易有的豪放,击节叫好。

柳溪同志经历了漫长的艰难之途,积累了丰富的人生经验。现在重登文坛,才力不衰,新作甚富,她的文学事业的前途,是不可限量的。我在衰老之年,忆些青春旧事,作为她的小说集的发端吧!

一九八〇年十一月五日下午三时

吴泰昌《艺文轶话》序

我和泰昌同志,认识的时间,不算太长;接触的也不是太多。在一些文字工作的交往中,我发现他是一位很干练的编辑,很合格的编辑。他在工作上,非常谦虚。当今之世,不合格的编辑并不少,有的人甚至不辨之无,而这些人,架子却很大,很不谦虚。

今年春天,泰昌同志对我进行了一次采访,就是登在本年六、七月份《文艺报》上的那次谈话。我是很不善谈的,特别不习惯于录音。泰昌同志带来一台录音机,放在我们对面坐的方桌上。我对他说:

"不要录音。你记录吧,要不然,你们两位记。"

当时在座的还有百花文艺出版社的一位同志。

泰昌同志不说话微笑着,把录音机往后拉了拉。等我一开讲,他就慢慢往前推一推。这样反复几次,我也就习惯了，他也终于完成了任务。当然，他能够完成任务，还因为在同我接触中，他表现出来的真诚和虚心的工作态度。

编辑必须有学问，有阅历，有见解，有独到之处。观我国文化史，有许多例子证明，编辑工作和学术之间，有一条互通之路。有许多作家学者，在撰述之暇，从事书刊编纂；也有因编辑工作之年积月累，终于成为学者或作家。凡是严肃从事一种工作的人，他的收获总不会是单一的，而是多种的。

泰昌同志在繁重的编辑工作之外，还不断写些文章，其中有不少部分是带有学术性和研究性的文章。我是很喜欢读这类文章的。我觉得，我们很多年，太缺乏治学的空气了。

治学之道，当然不外学识与方法。然学与识实系两种功夫。不博学当然无识力，而无识力，则常常能废博学之功。识力与博学，是互相促进，相辅相成的。认真求实的精神，是提高识力的重要因素。

现在，国内的学术空气，渐渐浓厚。但是脱离实际，空大之风，似尚未完全刹住。有些大块文章，人们看到，它摆开的架子那么大，里面有那么多经典，有那么多议论，便称之为学院派。贬抑之中，有尊畏之意。其实学院派的文章，总得有些新的研究成果,如果并没有什么新的成果,而只是引经据典,人云亦云,读者就不如去自翻经典。或作者虽系一人,而论点时常随形势变化,那么,缺乏自信的文章,于他人能有何益呢?所以说,这种文章,是连学院派也够不上的。

这就涉及到治学方法的问题。现在,各个学术领域,都标榜用的是唯物辩证的方法。但如果牵强附会,或只是一种皮毛,甚至皮毛之内,反其道而行之,其收效就可想而知了。

学术不能用政治或立场观点来代替。学术研究的是客观存在。学术是朴素的,过去叫做朴学。

用新的方法,不得其要领,只是赶时髦,求得通过,对于学术,实际是没有什么好处的。因为学术,是要积蓄材料,记述史实,一砖一瓦,成为著作。是靠作者的真才实学,真知灼见,并不单纯是方法问题。过去我国的学术,用的都是旧方法,而其成果赫然自在。正像刀耕火种,我们的祖先也能生产食粮一样。

泰昌同志的文章,短小精悍,文字流畅,考订详明,耐人寻味。读者用很少时间,能得到很大收益。写文章,不尚高远,选择一些小题目。这种办法很可取。小题目认真去做,做到能以自信,并能取信于人,取信于后世,取信于科学,题目再小,也是有价值的。

当他的《艺文轶话》就要付印的时候,泰昌愿意我在书前写几句话。我把平日的一点感想写出,与泰昌同志共勉。

一九八〇年九月二十四日

曼晴诗选序

在五十年代之初，即我们经历了抗日战争和解放战争，取得胜利，进入城市之时，我曾写了一篇很短的文章，介绍曼晴同志的诗。我说他的诗热情、朴素、自然。这篇文章以后一直存在于我那本《文学短论》之中，没有听到过不同的意见，我也没有作过修改。就是说，对于他的诗，我今天的看法，仍然如此。

但是，我们现在都老了，我不见曼晴，已有二十年。新近收到在《河北日报》工作的赵成章同志的信，他说："已经替你问候过曼晴同志了，他满头白发，忙着编《滹沱河畔》，叫人有望而生怜之感！"

这完全在我意料之中。曼晴就是这么一种干劲，一种精神。在三十年代之初，他已经是中国新诗歌运动的积极分子。抗日期间，他是晋察冀边区著名的《诗建设》的主要撰稿人和编者。他对于诗,简直可以说生死与共的,诗就是他的第二生命。我可以放肆地说,只要一息尚存,他就不能不写诗,不关心诗! 前些日子,我见到他寄来的两本诗专号(《邢台文艺》和《滹沱河畔》),我翻着想着:不是曼晴,不会编出这样的刊物。

当然,他所主持的《滹沱河畔》,并不是什么显赫的文学期刊,只是一个地区的文艺刊物,而且从今年起才得公开发行。他担任的职务,也只是一个地区的文联负责人。他的名字,也很少在高级的诗歌刊物上见到。他写得并不少,《天津日报》的《文艺周刊》,倒经常发表他的诗,这个周刊也只是一个地方刊物。

因此,有很多读者,对于这样一位老诗人,一位曾经在中国新诗歌运动中,出过大汗大力的人,一位孜孜不倦,壮心不已的文艺战士, 恐怕有些陌生了吧。我们的诗坛,有时也是喜欢看花红热闹的, 有时也是看广告招牌的。但是,我敢断言,我们经历的时代,不会忘记他,中国新诗歌的历史,不会忘记他的。

几年来,我常常想:曼晴为什么还不出一本诗选? 难道他写的比别人少吗? 写的不如别人好吗? 有人告诉我说, 诗的行市不太好。文学艺术一旦和生财之道联系起来,我真的也觉得没有办法好想了。而曼晴也真的写不出那种"突破"式的或"探索"式的能使评论家刮目相待的冒尖作品。

今天收到了曼晴的信,说他的诗选可以出版了。这就好了,我为他高兴。他又要我写一篇序,我觉得这是义不容辞的事,没等他把稿子寄来,就下笔了。

曼晴和我,可以说是老战友了吧。我是一直这样想,并且这样看待他,怀念他的。前些日子,为了给他助兴,我寄给他一首不像样的诗,他马上回信,大加赞赏。我想,他是真诚的。因为,在晋察冀边区,当他读过我的第一首诗的时候,就是这样热情、真诚地鼓励我的。虽然我们处在万事多变的年代,他的这种诗人的天真之心,是不会改变的。

一九八一年一月十九日晚

金梅《文海求珠集》序

目前有一种流行的说法:有些文艺评论所以写不好,是因为作者没有创作实践云云。这是一种片面的理解。刘勰并不是一位作家,也没有创作实践,但是他写出了一部《文心雕龙》。古往今来无数著名作家,却谁也未能写出一部这样的书,与之抗衡。钟嵘的《诗品》,也是如此。

当然,我也常劝初学写作的同志:如果愿意读一些文艺理论,最好是读那些大作家的文章。这只是说,作为文艺理论,有实践经验的作家,他们的文章,比较起一般理论家的文章,更容易符合艺术的实际和规律。这是就一般而言。有些理论家的研究成果,其全面性、规律性、科学性,远非把精力专注于创作的作家可比。作家的理论,常常是零碎的、一时的,而又常常带着个人的偏颇爱好。

作家的艺术观,是一个整体。它主要不是表现在理论方面,而是体现在他的作品之中。凡是大作家,都是无所保留地把他的艺术见解,或明或暗地表现在作品里面。曹雪芹、施耐庵、吴承恩、吴敬梓,无不如此。在每个人的小说中,几乎是和盘托出了他们的文艺理论。

评论家的职责在于:从作品中,无所孑遗地钩索这些艺术见解,然后归纳为理论,归结为规律。这要研究很多作家,探讨很多作品。在每一个时期,发现其共同的东西,在历史长河的激荡中,记录其不同的拍节。要广读深思,要与作家的文心相通相印。

在研究作家和作品时,理论家要虚怀若谷,不存成见。要视作家如友朋,同气相求,体会其甘苦,同情其遭际,知人论世。既要看到历史背景,也要看到作家的特异的性质,特殊的创造。

"广读深思",这四个字最重要,是刘勰成功的奥秘所在。

如果允许我谈一些过去和现在,我们的文艺理论的不足之处,我以为最主要的是:评论家的治学态度,有些浮浅,而神态高傲,对作家取居高临下之势;条文记得不少,而摸不到艺术规律;文章所引证,常常是那么几个人云亦云现成的例子,证明读书,并不是那么用功;一个劲地追赶"形势"，获得"正确"，疲于奔命，前前后后的文章，都能使人感到那种气喘吁吁的紧迫样儿。而前后矛盾，一生不能自圆其说者，也并不乏人。

这是失败了的文艺理论。对文艺理论有所误解，做起来就必有偏差。一切理论都有具体对象。系统地全面地研究了它的对象，才能正确无误地去指导它的对象。文艺理论的对象，是文学家和文学作品。要阅读大量的作品，研究大量的作家。要研究成功之作，也要研究失败之作；要研究成熟的作品，也要研究初学的作品。要研究作家依存的时代、环境，要研究作家的工作、生活，研究他们的心理、病理。掌握大量材料，然后面壁加以深思，谨慎地提出论点。要取精用宏，要才识兼备。要代作家作品立言，而不单单是代圣人立言。所为文章，所发言词，谦虚信实，若有不足，若有不胜，使人读起来，有咀嚼回味的余地。要增加学术内容，要减少文章中的烟硝火气，因为那种炮击似的文章，在某一时期，对手无寸铁的作家、作品，虽然具备很强的杀伤力，但过了那一特殊时刻，它本身也会烟消火灭，一点存在的价值也没有了。

我们应该清醒地看到：所谓"大批判"这种文章体制，其流毒的深远，是非常令人担心的。正像被"四人帮"败坏了的社会风尚、伦理道德一样。这种文体，是文艺评论的一种可悲的退化，是用封建、法西斯的政治手段代替了的文艺批评。这种文体实事求是地讲，并不是姚文元一个人的创造，就其逐步形成来说，可以推得更远一些。当然，这可以说是一种极"左"的文体，但左右难分，方位易变，究其实际，是中世纪黑暗文化统制的再现，是意识形态领域里的非常可怕的倒行逆施。

这样的文体，其特色是：写起来极为方便，骂起来极为痛快，最能蛊惑人心，易收愚民政策之效。在四十年代后期，它已经在我们的文艺评论中，显示端倪。姚文元戚本禹之流，不过集其大成，发挥到极致罢了。这种文体，因为并不是一种文思、文才的启发与导引，而是一种八股式的程式、工架，所以学起来也是很方便、很现成的。弄到后来，可以无需学问，无需思考，就可以写成洋洋万言的、声势吓人的大文章。因此，有那么一个时期，大批判文章，充斥在报刊、杂志、街头、讲坛之上。

这种文体，学习感染容易，戒除改正则甚困难。如果你在过去，曾经写过几年这样的文章，我敢断言，它就会像恶魔缠身一样，使你长期无法摆脱。虽然你有心像戒除鸦片烟一样，想改弦更张，但一遇到机会，这种文风，就又会在新题目之下暴露出来，就像故事里说的那种厨师一样,偷肉偷惯了,就会不分场合,不分里外,见肉就往怀里揣的。

在文艺评论中，清除这种对民族国家非常不祥的文风,无疑是一件极其迫切、极其艰巨的任务。文艺评论是要促进文学艺术的繁荣发展。对花木可以进行修剪,但不能一味地诉诸砍伐。古人有言:友直、友谅、友多闻。文学艺术家,希望于文艺评论家的,大概也是这种意思吧!

金梅同志从他多年来写的近百篇文艺评论中，选择三十多篇,准备结集出版,愿意我写几句话。金梅帮我做过不少事,我应该为他写一点。但我身体不好,视力也差,不能看很多文章,只能说些题外的话,也没有什么新意。这是要请他原谅的。

一九八一年六月十日灯下

张志民小说选序

　　最近邹明同志去北京组稿，带回张志民同志的一封信，说是要把过去写的短篇小说，重新编整，出一本书，要我写几句话。对于老朋友在这一方面的嘱托，我总是即刻就构思、动笔的。

　　志民在参加抗日战争时，还是一个小孩子。在抗战中期，他开始写作，主要是写短篇小说和散文。一九四九年进入天津以后，他时常在《天津日报》的《文艺周刊》，发表作品。从那时，我同他熟识起来。志民后来以写诗为主，并以诗成为名家，他的小说散文作品，遂被诗作所掩。

　　志民为人热情诚挚，从他身上，可以看到，战争年代培养起来的那一代青年的典型风貌。他后来致力于诗，更加深加强了他的这些气质。一九六二年，我大病初愈，在北京见到了他，亲切如故。一九七八年我去北京开会，又遇到了他,他坐了多年牢房,头发已经有些白了,并看不出有什么颓唐,还是很热情地和我谈了很久,并特意给我送去两枚野胡桃,说是人老了,手里拿着这个玩玩,是有好处的。他说,这种胡桃出自他的家乡深山里,近年来,大个的不容易找到了,这一副小些,但拿起来方便。

这点礼品,真是投我所好,使我非常喜欢,直到现在,每天闲时,还拿起来,在手心里搓磨。我想:志民从小入伍,手里拿的是枪、手榴弹和铲镐,当然也拿笔。现在,他居然想到叫我拿拿这个,总之是不愿意叫我的两只手闲着吧。想到这些,我就不由地笑了。当然也想到他在牢狱中,被铐起来的手,以及他的愤怒。

想起这些,我的心情就沉重起来,手里的核桃也就玩不下去了。是的,志民和许多人,经历了这样的一段历史。他们度过了艰苦贫寒的童年,然后进入了反抗残暴侵略的行列;他们学会了运用文字,这些文字,是伴随着枪声,射向敌人的。是伴随着犁耧,生产粮食的。无论文武,他们只是一名来自农民的战士,和人民血肉相连。因此,他们的战斗、牺牲,是没有个人的要求的,是没有个人的计较的。你说是受苦受难也好,你说是命里注定也好,你说是一片空白也好,中国的历史,总会记得有这样一批战士,我们的地图,标志着他们荷枪实弹战斗过的许多地方。

自此以后,才有了幸福的一代人。才有了吃牛奶面包长大的一代。其中也有在政治风浪中,坐着氢气球、救生艇飘游,在风平浪静,政治清明之时,回到地面上,写几篇作品,然后就逐华筵,争驿舍,肥马轻车,登泰山小天下,以天下安危为己任的人。但是苏轼曾引欧阳修的话说:"文章如精金美玉,市有定价,非人所能以口舌定贵贱。"况大言不惭者乎!

古人说:取材用人如积薪,后来居上。但历史和文学,并非完全如此。超越之说,也不是很科学的。强调过甚,同样会成为一种历史虚无观点。对于志民的这些短篇小说,我是熟悉的。我以为这些作品,记录了时代,记录了志民的生活经历和思想经历,战斗和劳动的经历。其中没有虚妄,因此也就没有狂诞。这些作品,是朴实的,含有作家的激情和理想。作家对人民是忠诚的,是谦虚的,是知道一尺布、一升米来之不易,是知道天高地厚。因此,可以断言:这些作品将被历史所容受、记录,也会被今天的生活所承认、证实。

现在听说志民想重新把小说拿起来,继续写下去,这就更好了。

一九八一年七月十六日大雨过后灯下记

《文艺增刊》致读者、作者

本刊自试刊以来,在内容编排方面,有很多不足之处。从近期起,锐意革新,继承本报《文艺周刊》传统,努力办成以培养文学青年,辅导业余作者为中心内容的文学期刊。开辟青年文学园地,发表新人新作,配合评介分析。提供青年文艺学习材料,借鉴作品。同时,约请老、中年作家发表创作,介绍经验,指导方向。如此改革,实非本刊编者微薄力量所能胜任,敬希广大文学青年,业余作者,知名作家,一本过去爱护《文艺周刊》之厚情高谊,大力协助,把《文艺增刊》办好,使之成为文学创作的一亩新园,为时代增加几分春色。

海内同行,新旧知好,幸垂教焉!

一九八〇年七月

《文艺增刊》辟栏说明

一、本刊志在为广大文学青年服务,近期将开辟专栏,交流创作经验。或每期一人谈,或一期数人谈,篇幅视情况而定。

二、本刊所录创作经验,包括正反、即成功与失败两个方面。既欢迎老、中年作家的经验谈,亦欢迎青年作者甚至初学写作者的经验谈。或谓初学写作有何经验?初学写作,遇到什么困难,遇到什么阻碍,有什么向往?如何克服,是否实现? 这就是他们的宝贵经验。

三、一切泛泛之谈,故弄玄虚,自我吹嘘之作,虽名家不收;一切言之有物,甘苦亲历之谈,虽无名必录。一切从书本上寻章摘句,演绎推理而成的"创作方法"不收;目前一些由此而成的"情节法"、"构思法",虽充斥市场,本刊以其无补实际,反易引人误入歧途,均将摈而不录。

四、回忆鲁迅先生当年,于介绍世界名家之创作时,必要求附译其创作经验,盖因创作经验,可以反映出艺术真实规律,成功者固可作为动力,失败者亦可作为法戒。先生所反对者为"小说学",为"创作方法",非反对创作经验也。故本刊专辟此栏,并重点经营之。

一九八○年十月

《文艺评论》改进要点

一、本刊既名文艺评论,对文、音、美、剧各领域,均将涉及。评论重点,在于文学。在文学领域中,又以当代为主。本市创作,优先顾及,然不受地区限制。

二、本刊发表有关文学创作的各种形式的研究、评论文章。如对于作家、流派的专题评论;对新出版的文学书籍以及期刊、作品的评论、介绍;对文学创作经验及规律的研究探讨;对文艺工作正、反两方面经验的总结等。对于最后一项,本刊将特加注意,以其对于今后文艺工作,意义甚大。此外,本刊愿以此小小园地,为培养青年文艺评论队伍,献其微薄。

三、本刊力求办成学术性的期刊。对于一般政治说教式的,引经据典、诗云子曰式的所谓文艺评论,少登。因为,学术固然不能脱离政治,而政治实不能代替学术,亦不能混合出之。偏重于政治的论文,自可于报纸其他版面刊出。

四、本刊力求办成"文艺"性的评论刊物,即评论本身,亦要具备文艺性。因此文风、学风,都要改进。文艺评论是一种文学体裁,也是一种朴素的文艺科学,评论文章,要力求做到有学有识。只有学而无识,文章容易成为材料罗列,无活泼流动之气,学术亦不得光大发扬。然而,识自学出,无学而自诩识高,虽充满教训口吻,凌厉姿态,其收效亦微。

五、文艺评论也是一种学术,学与术的关系,亦如上项所谈,学是基础,术是方法。只标榜用的是革命方法,而无实际收获成果者,本刊不收。而勤勤恳恳,所作确有新意和新的收获者,虽无所标榜,本刊也欢迎。切实去做,刀耕火种可以生产粮食;空喊"放卫星",则要饿死人。这个道理,生活已经昭示过。

六、既是学术,就要提倡百家争鸣。本刊主张,对于作家、作品,评论者可以各抒己见,见仁见智,情理之常,毫无足怪。对于作家或作品,本刊既反对"棒杀",亦反对"捧杀"。自由讨论,方可促进文艺发展繁荣。既不能为突出"政治",随意压制作品;亦不能借口"保护"作家,随意压制批评。侧重一方,必有后患。

七、本刊发表文章,不采取"群众表态"、"座谈会",或

"发简报"的形式。历史证明,这些做法,常常是以"群言"之虚名,掩"一言"之实质,流弊甚多,对于文艺工作,有切肤之痛,深可戒鉴。

八、本刊将不采用那种结为"战线",一呼百应的围攻性文字。也不欢迎墙头草,随风倒的论点。不崇尚大块文章,而要求实事求是,符合文艺规律,用科学态度写出的短小精悍作品。

九、文艺评论,一如文艺创作,我国自有优良传统。曹丕之《论文》,陆机之《文赋》,钟嵘之《诗品》,刘勰之《文心雕龙》,文采斐然,垂教千古,固无论矣。即如近代之王国维刘师培诸人,其拥有材料之富,治学态度之严,皆足为我辈楷模。文章以学而成,即如俄国之柏、杜、车三大批评家,虽号称天才,亦无不从博学博览而出。有学方能有识,真知灼见之作,必产生于勤奋好学。本刊愿以此旨,与广大青年文学评论者共勉之。

十、本刊发表文章,全凭稿件质量。不存成见,不搞派性,不看名位,不作交换。从本身做起,屏除目前编辑工作中存在的不正之风。因此风不只伤害文艺创作,亦伤害文艺评论也。愿广大读者、作者共鉴之。

一九八〇年十月二十五日

《文艺增刊》更名、缩短刊期启事

本刊自创刊发行以来,得到广大读者的爱护与支持,刊物质量亦有所提高。但因周期太长,读者感到不便。兹决定,在现有人力物力条件下,从明年第一期开始,将刊期改为两月。"增刊"二字,使人有临时凑稿或不庄重之感,改名"文艺",更为简明。以上两端,敬希读者注意。

目前,国内期刊繁盛,实如雨后春笋。又因重视经济效果,招徕之术,遂亦各有不同。刊物的风貌与追求的动向,可以说是千姿百态。内容标新立异者有之,形式追求刺激者有之。此乃市场做派,非文化之应有也。

本刊以荆钗布裙之素质,自量不足与浓抹时装者,斗艳争奇。页码单薄,亦不足侧身于大型期刊之林。然仍希以其微薄的努力,无间寒暑,不计阴晴,继续在此小小园地,扶犁执耨,播种耕耘。刊物改名,究系形式,宗旨不变,朴实无华。愿广大读者继续给予督促,广大作者,继续给予支持。

一九八一年七月

致丁玲信

丁玲同志：

　　刚刚邹明同志带来了您的信,我读了以后,热泪盈眶。这些日子,我和我的同事们,焦急地等待您的信,邹明同志几乎每天到我这里问：

　　"你看丁玲同志的信,不会出问题吧？"

　　我总是满有信心地安慰他：

　　"不会的。丁玲同志既然答应了我们,一定会给我们寄来的。不过她已经那么大年纪,约稿的又那么多,过两天一定会给我们寄来的。丁玲同志是重感情的,绝不会使我们失望的。"

　　信,今天果然收到了。我们小小的编辑部,可以说是举国若狂,奔走相告。您的信又写得这样富有感情,有很好的见解。您的想法,我是完全赞同的,我们这些年龄相仿的人,都会响应您的号召的。

我自信,您是很关心我们这一代作家的,也很了解我们的。不只了解我们的一些优长之处,主要是了解我们的缺短之处。我们这一代人,现在虽然也渐渐老了,但在三十年代,我们还是年轻人的时候,都受过您在文学方面的强烈的影响。我那时崇拜您到了狂热的程度,我曾通过报刊杂志,注视你的生活和遭遇,作品的出版,还保存了杂志上登载的您的照片、手迹。在照片中,印象最深的,是登在《现代》上的,您去纱厂工作前,对镜梳装,打扮成一个青年女工模样的那一张,明眸皓腕,庄严肃穆,至今清晰如在目前。这些材料,可惜都在抗日战争和土地改革时期丢失了。

我有很多缺点,不够勤奋,在文学事业上成就很小。又因为多年患病,使我在写作大部书的方面,遇到不少的困难。我还有容易消沉的毛病,这也是您很了解的,并时常规戒我。但是,这些年来,我的遭际虽然也够得上是残酷的了,可我并没有完全灰心丧志。文学事业不断鼓励我,使我做了力所能及的工作。最近两年,我每年可以写一本散文集,今年将要出版的,名叫《秀露》,出版后一定寄呈,请您指教。

成绩虽然小,但在说实话、做实事方面,我觉得是可以问心无愧,也不辜负您对我们的教导的。对于创作,我是坚信生活是主宰,作家的品质决定作品的风格的。在我写的一些短小评论中,都贯彻着我这些信念。

丁玲同志,我近来很忙,又时常晕眩,今天收到您的信又非常激动,请容许我先写这么一封信,以后再详细谈吧!

祝您

健康长寿!祝

陈明同志身体健康!

孙　犁

一九八〇年十一月二日

上午十二时天津

附:

丁玲同志给孙犁的信

孙犁同志:

前两年吧,我就看到过你谈创作的文章,感到很大的安慰。记得是一九五七年春天,你正住在医院,我介绍过一个专门从事心理学研究的医生去看过你，以后就不再听到你的消息。再后，我长年乡居，与文坛隔绝，更无从打听你的情况，偶尔想到也无非以为……既然你现在又写文章了，可以想象大约还过得去吧。

你是一个不大说话的人，不喜欢在人面前饶舌的人，你很早就给我这样一个印象。在我们仅有的几次见面中，我们没有交谈过很多，我实在想不起来，你谈过什么，和我谈过什么。但你的文章我是喜欢的。含蓄、精练、自然、流畅。人物、生活，如同一幅幅优美的风景画带着淡淡的颜色摆在读者面前。我没有读全你所有的著作，但从你的这篇、那篇文章中，我好像对你很熟。而且总以为你对我也会有同样的看法和关心。去年以来，你来过两封短信吧，我应该复你了，却常为些杂事羁绊着，我还不能做到完全脱离"尘世"，专事创作。现在写封信复你，不是应酬，也不是投稿，而是向一个老朋友(我总以为你是我们的一个老朋友)谈谈心。想到什么就说什么吧。

知道你现在有一个小小的职业，编一个副刊，很好。花时间不多，可以在一小块园地里勤勤恳恳地耕耘，登几篇好文章，发现几棵好苗苗加以培养。年纪大了，身体也不强，在小范围以内老老实实、扎扎实实做点事还是有意义的。我们都不是神通广大的人，做一件两件事还可以，做就要做好，于心(共产党员的起码要求)无愧，于人有益就行了。不学庙堂里的千手佛，手多，手长，什么都要抓，什么也抓不好。客观存在是不以个人的欲望为转移的。我祝愿你们的小园地是一块丰收的园地。

我们都是搞创作的。我们喜欢读好作品。现今，作品很多，新人辈出。也有一些作品，启发人思索，有些作品切中时弊，得到读者欢迎。我对这些作品也很欣赏，只是我还感到有些不足。我从这些作品想到这一批作者，他们的确像初升的太阳，含苞的鲜花，是我们文艺的希望。我从他们又联想到另外的一批作家，这些同志，现在将要进入老年了。他们大都生长在战争年代，在火热的斗争中成熟，曾经与人民一道滚过几身泥土，吞过几次烈火浓烟，是熟悉人民、热爱人民、忠于人民的人。他们为了斗争、为了工作，他们学过使枪，学过使锄，也学过使笔。他们曾经写过许多感人的篇章，为革命的胜利，作出了贡献。他们饱经近二十年的动荡(特别是那十年动乱)和四年来的拨乱反正，现在是不是正在深思熟虑，积蓄力量，磨刀擦枪，再上战场，要为党，为人民，为社会主义磨炼出一部辉煌的史诗来呢？我写过一篇《我读〈东方〉》，就是为了激励这些老兵而响起的锣鼓。但是，有人说："工农兵不吃香了，写打仗不受读者欢迎。"好吧，让历史去证明吧，一百年以后，有人想要了解抗美援朝，他们还得去读《东方》。我并不是希望大家只写过去，我认为写现在，写动乱，写伤痕，写特权，写腐化，写黑暗，可是也要写新生的，写希望，写光明。不管你怎样写，总要从生活出发，写的深，写的热，写的细，写的豪迈。不管怎样令人愤怒、发指，但终究是要给人以力量，给人以爱，给人以前途，令人深思，促人奋起！要让全世界都看到，中国人民，中华民族是不可侮的，是了不起的。我现在就等着读这样一本书，我相信一定会产生的。你，你有这个意思吗？你的熟人、老朋友有这个意思吗？能不能告诉我一点好消息？可能已经有这样的作品在酝酿，或者已经写出来了，或者将要问世了。我告诉你心里话，没有这样的作品读，真是不过瘾。我们没有这样的作品，不管怎样叫喊繁荣，总感到空虚，至少有点空虚。我们实在需要真正反映这个伟大时代、伟大人民的巨著。孙犁同志！我是不喜欢悲观的。我常常注视着你，注视着许多老朋友，注视着曾经崛起过的老一代而又仍在壮年的战士啊！

自然，我们也喜欢读批评文章，现在好像少一些。理论文章长篇大论的倒不少。只是我有那么一点感觉：我以为原来也还有一点知识，就是马克思主义的文艺观、世界观吧，我靠这点知识支配我做人、处世、讲话、写文章，好像还能对付过去，几十年了，惹过祸，也没有什么大错；自然我还要继续学习，但有时一读某些理论宏文时，反倒有点糊涂了。我不理解为什么这些文章总要从"盘古开天地"写起，总要先来个扫盲，什么现实主义，新现实主义，浪漫现实主义，批判的现实主义……使人感到完全是空对空。我希望你们的园地不要赶这样的浪头，凑热闹。而是扎扎实实用马列主义观点分析几篇当代和过去的作品，给作家以启发，给读者以享受就好了。要认真研究作品，把作品放在一定的历史环境来看，把作品、作家拿来与同时代的作品、作家相比较，要确有真知灼见，不要东抄西摘，人云亦云。骂人的时候，大家是一副嘴脸；说好的时候，又同是一个腔调。怕这怕那是写不出好文章来的，看风使舵更不是好品质。孙犁同志！批评文章是很重要的。你那小小的园地，装不下大块文章，却能栽种奇花异草，像当年鲁迅先生的那样锋利的美隽的文章，我想仍是应该继承的。自然还可以发展。我们也可以献上一些颂辞，有德可歌，还是可以歌的。

　　信就写到这里了，希望你回信！

丁　玲

一九八〇年十月三十日

致曾秀苍信

(一)

秀苍同志：

尊著小说《太阳从东方升起》，日前出版社送我一册，我已开始拜读，觉得吸取中国传统，并有创造。我当好好读一遍。但我读书太慢。

此书初版时，值我有病，书又于运动中失去。

今晨又得题赠本，甚为感谢，当珍藏之。

祝

好

　　　　　　　　　　　　　　　犁

　　　　　　　　　　一九七九年五月十五日

(二)

秀苍同志：

　　大作《山鸣谷应》及来示，奉悉已久，今年我身体一直时好时坏，诸事荒废。大作读了一部分，觉得其优长之处，一如"太阳"，其稍有不足之处，是在回溯及倒述部分，仍显枝节，略有痕迹。长篇小说，此点实难解决。如以树之发长为喻，主干之外，另生婆娑之姿，植物则固美好矣，然作为小说，则不易收拢。譬之为河流，虽有支流，然皆灌注于主流，最后统一入于海洋，于长篇小说，最为切当。《水浒》之写法，最为典型，无枝蔓之弊。然其以人为个体，吾辈不易仿之。结构之难，弟常以为苦。兄之大作，不过略存未修剪之处耳。

犁

一九八〇年十一月二十九日

致铁凝信

(一)

铁凝同志:

你有半年读书时间,是很好的事。

关于读书,有些人已经谈得很多了,我实在没有什么新意。仅就最近想到的,提出两点,供你参考:

一、这半年集中精力,多读外国小说。中国短篇小说,当然有很好的,但生当现代,不能闭关自守,文学没有国界,天地越广越好。外国小说,我读得也很少,但总觉得古典的胜于现代的。不是说现代的都不如古代,但古典的是经过时间选择淘汰过,留下的当然是精品。我读书,不分中外,总觉得越古——越靠前的越有味道,就像老酒老醋一样。

二、所谓读进去，读不进去，是要看你对那个作家有无兴趣，与你的气质是否相投。多大的作家，也不能说都能投合每个人的口味。例如莫泊桑、屠格涅夫，我知道他们的短篇小说好，特别是莫泊桑，他的短篇小说，那真是最规格的。但是，我明知道好，也读了一些，但不如像读普希金、高尔基的短篇，那样合乎自己的气质。我不知道你们那里有什么书，只是举例说明之。今天想到的就是这些。你读着脾气相投的，无妨就多读他一些，无论是长篇或短篇。屠格涅夫的短篇，我不太喜欢，可是，我就爱读他的长篇。他那几部长篇，我劝你一定逐一读过，一定会使你入迷的。另外，读书读到自己特别喜爱的地方，就把它抄录下来。抄一次，比读十次都有效。

你后来抄的信，此地工人们办的《海河潮》发表了，并附了你的来信。我也曾想到，连续发表书信，不太好，当时无稿子，就给了他们。今后还是少这样做才好。

代我问候张朴同志、张庆田同志好。望你注意身体。

祝

学安

孙　犁

一九八〇年三月十六日晚

（二）

铁凝同志：

收见你二十七日的信。你写的散文《盼》和小说《灶火的故事》我都看过了，原想写篇短文，后以病终止。我们编辑部在发你那篇小说时，配一篇评论介绍，听说要用克明写的一篇。你的小说是这期的头条创作。

《盼》写得很好，你看写试穿新雨衣的那段，多么真切、生动、准确！后面一段稍失自然，然亦无关大体也。

小说开头用的语言，可以看出你的立意是要创新，但也是有伤自然，读着也绕口了。文字还是以流利自然为主。

写柿子，为什么写那么多？我猜想这是你经过修改，留下的痕迹。农村的政策，时在变化，政策是最不好写的。后面写得好。这种老人我在农村是见过很多的，你写得很真实。

我的病，是严重晕眩，已查过，心脏及血压正常，尚需查脑血流及骨质增生两项，因天热，我尚未去查。现已不大晕,但时有不稳定之感,写作已完全停止,下期"散文",亦将无稿。无可奈何也。

专覆,敬祝

夏安

孙　犁

一九八〇年八月二十九日

（三）

铁凝同志:

来信收到了。现在寄上我买重的一本《孽海花》,这无需谢。这本书所写不是"艺人",是赛金花。这是曾孟朴所著,就是我在《文艺报》上说的开真善美书店的那位,是清末的一名举人,很有文才,他在书中影射了很多当时的名人,鲁迅在《中国小说史略》中,曾列有对照表(即真人与书中人),也没有听说有谁家向作者提出抗议,或是起诉。他吸取了一些西洋手法, 是很有名的一部小说。你从书中,可以知道一些清朝末年的典章,制度,人物。

我对这部书很有缘分,第一次是在河间集市上,从推车卖烂纸的人手中，买了一部，是原版本。《小说林》出版的，封面是一片海洋，中间有一枝红花。书前还有赛金花的时装小照。战争年代丢失了。进城以后又买了一部，版本同上。送给了一位要出国当参赞的同事张君。提起这位张君，我们之间还发生过一次不愉快。原因是张君那时正在与一位女同志恋爱，这位女同志，绰号"香云纱"，即是她那时穿着一件黑色的香云纱旗袍。她原有爱人，八路军一进城，她迅速地转向了革命。有一天，我到张君房中，他俩正在阅读《安娜·卡列妮娜》这本书。这本书，我只读过周扬同志译的上卷，下卷没读过，冲口问道："这本书的下册如何？"这样一句话竟引起了张君的极大不快，他愤然地说："中国译本分上下，原文就是、就是一部书！"弄得我莫名其妙。后来我左思右想，他发怒之因，几经日月，我才明白：张君当时以沃伦斯基自居，而其恋人，在下部却遭遇不幸。我自悔失言，这叫做言者无心，听者有意。因此，当他出国放洋之日，送他一部《孽海花》。因为他已经与那位女性结婚，借以助其比翼而飞的幸福。这次，张君没有发怒。但出国后不久，那位女士又与一官职更高者交接上，以致离婚。我深深后悔险些又因与书的内容吻合，而惹张君烦恼。可能他并没有看这本书。

"文革"前,国家再版了这本书,我又买了一部,运动中丢了。去年托人又买,竟先后买了两部。以上所写对你来说,都是废话。以后有人向你要我的信,你就可以把这一封交他发表,算是一篇"耕堂读书记"吧!

　　庆田所谈,也有些道理,不要怪他。我觉得你写的灶火那个人物很真实。我很喜爱你的这个人物,但结尾的光明,似乎缺乏真实感。

　　明年春暖,我很想到保定、石家庄看望一些朋友。

　　　祝

　好

　　　　　　　　　　　　犁

　　　　　　　　　一九八〇年十一月三十日晚

致刘心武信

心武同志：

　　十月二十日惠函奉悉。刊物亦收到。《江城》我也有，当时见到你的文章，曾函托绍棠同志，代致感谢之意，想已转达。

　　你的作品，除《班主任》外，还看过一些(去年《上海文学》登有一篇以业余作者访问你为题材的小说，我也看过，恕我忘记了题目)。我以为都是写得很好的。但先有概念，然后组织文章的说法，我不太赞同。等我看过《十月》及《新港》所登的，再和你讨论。我以为，风格是每人各异的，所谓艺术性，也不是划一的。每人有每人的起点，只能沿着起点前进，不必改变自己的基本东西。另约稿太多，也可适当推辞一些，我觉得你们的负荷太重，也于艺术不利。以上只是臆测之词，比较详细的意见，等我看过那两篇作品,再写信给你。我读书很慢,但读得比较认真,时间如果拖得长了,请你谅解。

我身体不好,今年又加上时常晕眩,已经不能从事认真的创作,所写杂文,有时兴之所至,也没有什么分寸,好在一些同志能够宽宏对待,还没有出什么大娄子。不过,以后就是写这种文章,也要慎重了。

你怎么不到天津来玩玩?

　　专此　祝

撰安

　　　　　　　　　　孙　犁

　　　　　　　　　一九八〇年十月二十七日

致鲍昌信

鲍昌同志：

这几天，看了一部分《庚子风云》，看了一章写宫廷生活的，看了一章写农民生活的。我以为写得都很好，有很多精彩的叙述与描写。比较起来，写农民的部分，给我留下的印象更深，写比赛插秧一节，写得有声有色，非常火炽。这是很不容易的，确有独到之处。写宫廷的部分，水平也不低。但是，我有一个成见，以为历史小说，是很难写好的。第一是时代变迁，人物形象很难掌握，以今天现实概括古代生活，究竟不是办法，处处根据材料，则又不易生动。重点放在写上层，则困难更多，易流于皮毛。当然义和团年代较近，除去大量文字材料，尚有口碑可寻。即使如此，也非易事。历史小说，我以为只有《三国演义》，得天独厚，因为裴松之的注，很多人物，不只有形象，而且有语言。

另外三国形势,也易结构。加以戏曲成果,话本演进,都能助罗贯中一臂之力。《隋唐演义》已经粗糙不堪,然尚能留下些人物性格。《五代史平话》,则简直不成章法,读之令人有不如读历史之感。此外,成功之作,就更不多见了。

你的小说,如果重点放在写农民上,则是上策。上层可少写,下层可多写,结构求其严紧,注意剪裁。不求其大,只求其精。人物力求合乎历史实际。这是大、小托尔斯泰的路子,想早已在考虑之中,并实施之矣。但这是我的估计之词,无权多说,仅供参考耳。

本应多读一些再谈,又恐怕你惦念,先此奉闻。其余部分,当从容拜读,亦希鉴谅。

总之,我读过的印象是很好的。文字语言,也很考究,非泛泛之作,影响一定会不小的。

匆此,祝好!

孙　犁

一九八一年三月十六日下午

致贾平凹信

平凹同志:

今天上午收到你十二日热情来信,甚为感谢。

我很早就注意到你的勤奋的、有成效的劳作,但我因为身体不行,读你的作品很少,一直在心中愧疚。五一节在《文艺周刊》,看到你短小的散文,马上读了,当天写了一篇随感:《读〈一棵小桃树〉》,寄给了《人民日报》副刊版,直到今天还没有信息,我已经托人去问了。如果他们不用,我再投寄他处,你总是可以看到的。

文章很短,主要是向你表示了我个人衷心的敬慕之意。也谈到了当前散文作品的流弊,大致和你谈的相似,这样写,有时就犯忌讳,所以我估量他们也可能不给登。近年来我的稿子,常常遇到这种情况,不足怪也。

你的散文的写法,读书的路子,我以为都很好,要写中国式的散文,要读国外的名家之作。泰戈尔的散文,我喜爱极了。

中国当代有些名家的散文,我觉得有一个大缺点,就是架子大,文学作品一拿架子,就先失败了一半,这是我的看法。我称你的散文是不拿架子的散文。

读书杂一些,是好办法。中国哲学书(包括先秦诸子)对文学写作有很大好处,言近而旨远,就使作品的风格提高。所谓哲理,其实都是古人说过的,不过还可以和现实生活结合起来,加以运用发挥。《红楼梦》即是如此成功的。

在创作方面,要稳扎稳打,脚步放稳。这样前进的人,是一定成功的。

等我再读一些你的作品,再谈吧。

祝你

安好

孙　犁

一九八一年五月十五日下午三时

烬余书札
——致冉淮舟信

关于《津门小集》

一

淮舟同志：

收到你写来的信和抄来的稿，面对着你那抄写得规规矩矩整整齐齐的字体，我感激得无话可说。这些短稿，本来弃之无甚可惜，我竟同意累你去抄写它，只是因为一个人病了之后，常常有无能为力之感，也就顾不得你的烦劳了。

你们正在年轻有为，但常常要付出精力去做这些意义不大的工作，有时还要说是"一种学习"，这就是我在感激之余，无话可说的原因。

我说的"无能为力"，指的是：这些文章本来无足轻重，在我年轻气盛的时候,把它们抛弃不管,它们明显是我那时的小小的"雄心"的牺牲品。现在病了几年,只字未写,想起它们来了,珍惜起它们来了,很有些像一个破落户对待残留的财产,也很有些像浪荡子情场失意之后对待家里的"糟糠"的心情一般。

既然是珍惜,也就偏重看见了它们身上带着的优点。写作它们的时候,是富于激情的,对待生活里的新的、美的之点,是精心雕刻,全力歌唱的。——这些优点,是我今天想到的。在当时发表的时候,反映并不完全如此。我在农村采访的时候,有一位从事"材料"整理的同志,就当面指出它们的浮光掠影,批评过我的工作不深入,劝告我到"北屋"去开会,那时北屋里的会议是昼夜不息的。当然,我并没有完全执行他的建议,没有整天去做会议记录,因为我知道如果要求一个作者整天在会议上,他是连光影也收获不到的。

《津沽路上有感》一篇,尤其如此,发表以后,有一位青年有为的领导文艺工作的同志,对我说,"很使他失望"。当时我在惭愧万分之余,只好热诚地希望他的已经宣称要动手的踏踏实实的作品问世,但是这几年我病了,很多伟大的作品,都没有机会拜读——例如那劝我去听开会的同志,很早就在计划着创作,不知已经完成没有?——真是没有办法的事。

以上所谈,只是想说明,即使是一纸短文,在批评指责的时候,也应该采取一个比较全面的态度,指路给人,也要事先问明他要到哪里去。

这些短文,它的写作目的只是在于:在新的生活激剧变革之时,以作者全部的热情精力,作及时的一唱!任务当然完成的有大有小,有好有坏,这是才力和识力的问题。蝴蝶和蜜蜂,同时翩舞,但蜜蜂的工作,不只表现在钻入花心,进行吸掠的短暂之时,也表现在蜂房里繁重的长期的但外人看不见的劳动之中。

事到如今,我也只能面对这些短小的简直是微不足道的文章,发些近于呻吟的感慨了,当然这是有病的呻吟。

而你竟还那样郑重,甚至一个字的改正,还要提出商榷,这完全是不必要的。在今后处理我那些稿子的时候,请即随手改正,即便改的不当,我不是还可以划回来吗。

访苏纪要,先不忙于整理,因为我对那里的知识很有限,写得很浅薄。《在苏联文学艺术的园林里》一篇,以后可以作为创作集的附录。你看其中有关文学的,如有比较完整,内容没有错误的,记出来,以后编入《文学短论》之中。

至于那些"短论",务请你严格地选一下,空洞的、无什新意的、好为人师的,都不要,有些好的记下来,以后编入《文学短论》。

你要的书,等我找一找,《风云初记》合订本,恐怕没有,一本也没有了。《文学短论》可能有,找出即寄上。

深深地感谢你的热情的帮助。信的前半有些像作文章,这是我想在《小集》出版时,摘录一部分,作为后记,有一举两得之意。

春节,我哪里也没去,因为谈话多,初三支持不了,睡了一下午。身体不好,所以事先我也没请你们来我这里过节。

敬礼

孙　犁

一九六二年二月八日下午

二

淮舟同志:

小集,我改了一个名字为《津门小集》,但仍觉不妥。如为《天津小集》则似更俗,请你给想一想,好吗?

后记原拟写得很长,今附去所开头,即可想象其规模,我忽然觉得废话太多,非病中之急务,乃中止,并移录其中平妥部分于稿本之后,已定稿矣。望你看看。稿本,我略看一遍,昨日百花出版社来人,表示愿看一看。现在,我先送给你,请你再做些发稿前的技术工作,然后即由你交给该社编辑部,俟清样出,我再仔细看,你看好吗?

　　你来信附上,备你校字,后可连同后记废稿一并交还我保存。

　　敬礼

孙　犁

一九六二年二月九日

　　小集就叫《津门小集》吧,一切事务你费心去弄吧,和出版社采取商量的态度,不必提得条件太高,也得看到目前条件困难,另外这么一本小书,也不要过于张扬。

　　小集后记,我以为不要在《新港》上登,因为没有内容。

二月十三日又及

关于契诃夫

一

淮舟同志：

前去一信，想已收到。我来这里后，精神较好，饭量大增。李季同志回去了，这里文联运动开始。

这期《文艺报》登了那篇评《风云初记》的文章。已告知《文艺报》直接寄此。

我这几天看《给契诃夫的信》一书，这真是一本最好的作家的传记，从其中我了解契诃夫的为人，有如下几个方面：

一、他写文章，那些幽默，是用出人不意的方法写出的。在前面，他正正经经地谈着，甚至是严肃沉痛地谈着，忽然出来一句，使人不禁发笑。他的幽默不像我们那些幽默，我们的幽默是，故作声态，读者没笑，作者先笑，读者是否笑，还在未可知之数。

二、他对出版社、剧院，出版或上演他的作品，是很厚道的,不斤斤计较金钱,只要把书印好,把剧演好就行,甚至只要好,金钱上吃大亏,他也高兴。

三、书里有一张他和托尔斯泰的合影,照得真好,两个作家的性格活现纸上。

四、他身体不好,颇为达观,在写给妹妹的信中,有一段,甚像中国的《庄子》。

五、——写至此,金镜同志雨中来访,打断了。

《红楼梦》文章,《人民文学》今天电话:他们不用,已"支援"《文艺报》。我说,文章写得不好,不用就退还,不必转让。两次投稿《人民文学》都被否定,看来,我实在是写不好了。

但吃饭还是很多,今晚吃炒面,四两迅速而下。

    祝

好

                    孙　犁

                  一九六三年五月二十日晚

                  二

淮舟同志:

    二十二日信及转件收到。义稿尚未收到,估计明天可到,因印刷总要慢一些。

此处今日又降雨,天气骤凉,好在我带了厚衣。近日天气变化多,希注意身体。

今日读完《给契诃夫的信》。作家晚年,多病,因与剧院发生联系,此一时期创作多为剧作。

其与克尼碧尔突然结婚,对其身体似不为利。其结婚决定,显然是在一种兴奋状态下,故引起其家属不安。然此系表面现象,当时俄国处于革命前夜,契诃夫思想是极为复杂激动的。

此书看完,我正看王夫之《楚词通释》。

文稿来了,就校文稿。

我身体很好,食量一直很好,就是寂寞一些,这是无关紧要的。

　　专此

敬礼　并致候

编辑部诸同志

　　　　　　　　　　　　孙　犁

　　　　　　　　　一九六三年五月二十三日晚

关于习字

一

淮舟同志：

当即找出字帖三种：

一、皇甫碑——欧阳询书，楷书墨拓本，碑在西安。原系王林同志送我，今转赠你习楷书。我另有一本。

我很喜欢欧字，方正削利，很有风骨。此碑与九成宫为欧帖之姊妹篇。

二、曹全碑——汉隶，可以欣赏，暂不必临。此碑所据原碑甚好，而编辑部之出版说明殊可笑。加以这样的说明是什么意思，以为读者都是白痴吗？都是废话。

中国书法，由隶而楷，楷书以不失隶法者为上，欧字是也。

三、文徵明小楷离骚经——供你习小楷之用。此系大家名作，规模宏深，后面补写，相差万里。

我平日买书，多系平常贱值之本，藉以浏览长些常识，非如一些名人之搜采古物，冒充书法家也。承你问索，而无佳本奉送,其抱歉也。

　　专此

　　敬礼

孙　犁

一九六四年一月十一日下午

二

淮舟同志:

　　接到你的来信。

　　我的小说没有续写,原因是我有时还是不好,再一放,恐怕就完了。

　　听牧歌同志说你们在一块学习,熟人很多,我想是很好的。

　　皇甫碑推为欧书首作,一些书法家并谓初学者应首临之帖,因此送你一临。折叠起来临,也很方便。此碑年久,此本虽系原碑,恐已经重开过,但规模风韵仍存。

　　欧字实好,不比较则不知,如与唐碑其他作家相比,我最喜爱他的字。他的碑除此以外,尚有九成宫、虞恭公、化度寺之类。据称,欧字上溯兰亭,雄视有唐一代,并为此后楷书典基。——这都是我现趸现卖的话。

托天津书店买的书,可以告诉不要找了。

附上书目二纸,请写信给上海文艺出版社那位同志,请他便时到书店给我们找找,你看可以吗?

祝

好

孙　犁

一九六四年一月二十二日

三

淮舟同志:

二十七日晚信收悉。

你对写字发生兴趣,实在和我是同好,我近些日,到处购买字帖,但是没有动笔练,只是读而已。

故宫影印九成宫,据说很好,我只有八角的,有一种线装的十元,听说成色更好。

买字帖,我以为影印者最好,价钱便宜,又得见古碑真面目。墨拓者,新拓近日无货源,而旧拓被视为古董,我们又不懂此行,反易受骗。

听说映山已经进院,不知他近来好些否,你可以代他买一本故宫影印的九成宫,他上次没有买到。

敬礼

孙　犁

一九六四年一月二十九日

关于修改文稿 *

淮舟同志：

我把具体意见记在下面：

一、把小引大加删削，因空泛，距离作品分析太远。

二、按年代对作品进行介绍和分析。——成为这部论文的基本间架。

三、把论风格的一节移到最后。并把其他章节中与此节重复之字句删除。

四、各节中空泛政治说明，可更简要。

五、引用我的《文学短论》或《文艺学习》之处，可酌量删除。

六、引用作品原文，或情节叙述，越少越好。

七、你对当时环境的咏叹歌颂，也可以删一些。

　＊指淮舟的《论孙犁的文学道路》。

八、别人论文的意见可少引用,对不同意见的批判,则有助于论文的泼辣。

九、最后与其他作家相比较之处,我以为作品创造的形象,不能比较哪个高大哪个渺小,因为如都高大了,名著岂不汗牛充栋,还有何独特之处?可以不这样比,只论述我的缺点就可以了。

以上意见,为的是使论文单纯明确,使读者读起来更有实际感受。改一下,可请别的同志看看,并可放放,重新考虑搞些别的事情,如选择一些小题目作些短文章。人,不能老叫一件事情拖着。

孙　犁

一九六一年十一月十四日上午

致韩映山信

映山同志：

接到来信，看样子你在新环境，心情很好，颇以为慰。

我近来一切如常，参加学习。剧本，白洋淀所拟提纲，已否定。现林、赵再拟，尚未见稿。最近我仍在京剧团参加此事，恐需至年终。

莲池地方很好，中学时，常到那里，很想在那里谋一图书馆员的职位，不得。自清咸、同以后，保定为重镇，总督所在。亦附文人。吴汝纶曾主莲池书院，并印了一些书籍。

你在那里安心写些东西为好。天津已凉爽，何时来津，仍希到舍下一叙为盼。你家中有什么事，可来信。

敬礼

一九七二年八月六日

映山：

收到你写来的信,知道你在那里的情况,甚慰。

天津情况,一切如常,学习即将结束,剧本事又将紧张。新提纲已经拟出,明天开始讨论。但我近日感冒,关节疼,恐不能参加。

我还是希望你能写些新的短的东西。当然,不一定很急,也不要勉强,要有充分的感受,精益求精地进行创作。

最近见到文会、克明。

希望你注意身体,天津流感。

祝好

一九七二年八月二十二日

映山同志：

收到你的来信,致达生信当即转交。

知你在那里安下家来,甚以为慰。保定这地方还是很好的,住在莲池,应该认为是佳遇佳境。徐光耀同志和你在一起吗? 望代我问候他。

我一切如常,每天到报社上班看稿,稿子很多,弄得很累,但好的稿件实在少有。我看河北乡下来稿,很有生气。但有的作者,发表一两篇文章后,即忙于交际,亦甚可虑,然此亦常规,过去也是这样。

应该打破一切消极障碍,勇敢地深入生活,以你的素养,我想不久就会文思泉涌。

剧本事又弄了一个提纲,但并不好,近亦无事。

明年春季,我们或可能去看你们。

祝

全家安好

一九七二年国庆节

映山同志:

寄来信、照片、稿件均收到了。

小说,我看了,觉得写得不错。生活方面,还要深入发掘,语言也要再求有力,结构也要力求严紧。我的作品失败在以上不足,希你借鉴改正。

我们一切如常,报社稿件还是很多,剧团近来无事。

河北组织的五公写作,你参加吗?

敬礼

一九七二年十一月二十七日

映山同志:

读过了你的发言稿,我以为是很好的。我在写给"人文"的文章里,大概也是表达这个意思。我以为这十多年,中国是没有什么文艺产生过。帮派文艺,活像三十年代的民族主义文学,只会装腔作势,是没有艺术良心的。

我的房昨天下午,顶棚塌下一块,夜间大雨,我通宵未眠,总结这两年修房经验为:

不漏不修,不修不漏,越漏越修,越修越漏。

每日来四五人修房,招待烟茶糖果、西瓜,上房一小时,陪坐二小时,上下午都如此,实是苦事。所以,房顶漏雨如瀑布一般,我也觉得没有什么,今天院中积水大腿深,像乡下发了大水,所有临建都泡了。

匆匆

祝好

一九七七年八月三日

你代我问候光耀、张朴以及他的爱人,我好久没给他们写信,也因为"乏善可述"。

映山同志:

发在《人民文学》上的,你写的小说看过了。我以为写得很好。今后,应该向深处开扩一些。这种人物,我也是有

155

兴趣的。如果写的是寨南那位"瞎架",我也认识,那年我在他村,他照顾我很好,找了一家会做饭的,给我在拉痢时吃。不知是不是他?

开春我倒想出去转转,也太闷了。但不一定到白洋淀去。熟地方,没有什么老的熟人,例如我的故乡,我也不愿多回去了。还不如到个新地方,感受多一些。

最近的《上海文艺》及将出的《儿童文学》各有我写的散文,不知你能见到否?

　　祝

　　全家安好

一九七八年三月二十二日

映山同志:

收到刊物和来信,前信也收到的。我看了你写的《灯光》,以为很好。

我近来忙了一些,房子已收拾完,连续写了关于速写,关于中篇,关于长篇和《白洋淀纪事》后记。写这样短小文章,我都感到很吃力。这些文章,大都找到了发表地方,刊出后,有些问题,你或有兴趣。

至于艺术生命问题,则不好谈,不想写成文章。我以为这是个复杂问题。在中国,这样的作家(即文章能传世)每一个朝代,也不过几个人,而自元朝以后,虽也有传世之作,但颇为寥寥,这问题就很难说。我以为能传世是很困难的,但如果认真做去,即追求真、美、善。包括感情之真,记事之确,文字的加工,思想的合于实际,并代表进步思潮,虽不能传世,也可以为后人参考。能做到这样,已十分不容易。"五四"以后,鲁迅可以说是永久的。

　　祝好

一九七八年十月二十一日

《善闇室纪年》摘抄

在安国县

我十二岁,跟随父亲到安国县上学。我村距安国县六十里路。第一次是同父亲骑一匹驴去的,父亲把我放在前面。路过河流、村庄,父亲就下去牵着牲口走,我仍旧坐在上面。

等到下午三四点钟,才到了县城,一进南关,就是很热闹的了,先过药王庙,有铁旗杆,铁狮子。再过大药市、小药市,到处是黄芪味道,那时还都是人工切制药材。大街两旁都是店铺,真有些熙熙攘攘的意思。然后进南城门洞,有两道城门,都用铁皮铁钉包裹。

父亲所在的店铺,在城里石牌坊南边路东,门前有一棵古槐,进了黑漆大门,有一座影壁,下面有鱼缸,还种着玉簪花。

在院里种着别的花草和荷花。前院是柜房,后院是油作坊。

这家店铺是城北张姓东家,父亲从十几岁在这里学徒,现在算是掌柜了。

店铺对门的大院,是县教育局,父亲和几位督学都相识。我经过考试,有一位督学告诉父亲,说我的作文中,"父亲在安国为商","为商"应该写作"经商",父亲叫我谨记在心,我被录取。

店铺吃两顿饭,这和我上学的时间,很有矛盾。父亲在十字街一家面铺,给我立了一个折子,中午在那里吃。早晨父亲起来给我做些早点。下午放学早,晚饭在店铺吃。终究不方便,半年以后,父亲把母亲和表姐从家里接来,在西门里路南胡家的闲院借住。

父亲告诉我,胡家的女主人是我的干娘,干爹是南关一家药店的东家,去世了。干娘对我很好,她有两个儿子,两个姑娘,大儿子在家,二儿子和我一同上高级小学,对我有些歧视。

这是一家地主,那时,城市和附近的地主,都兼营商业。她家雇一名长工,养一匹骡子,有一辆大车,还有一辆轿车。地里的事，都靠长工去管理，家里用一个老年女佣人，洗衣做饭，人们叫她"老傅家"。

我那位干哥哥，虽说当家，却是个懒散子弟，整天和婶母大娘们在家里斗牌，他同干嫂，对我也很好。

那位干姐，在女子高级小学读书，长得洁白秀丽，好说笑。对我很热情、爱护。她做的刺绣手工和画的桃花，给我留下深刻的印象。她好看《红楼梦》，有时坐在院子里，讲给我的表姐听。表姐幼年丧母，由我母亲抚养成人，帮母亲做活做饭，并不认识字。但记忆力很好。

我那时，功课很紧，在学校又爱上了新的读物，所以并不常看这些旧小说。父亲为了使我的国文进步，请了街上一位潦倒秀才，教我古文，老秀才还企图叫我做诗，给我买了一部《诗韵合璧》，究竟他怎么讲授的，一点印象也没有了。

胡家对门，据说是一位古文家，名叫刁苞的故居。父亲借来他的文集叫我看，我对那种木板刻的大本书，实在没有兴趣，结果一无所得。

这座高小，设在城内东北角原是文庙的地方。学校的教学质量，我不好评议，只记得那些老师，都是循规蹈矩，借以糊口，并没有什么先进突出之处。学校的设备，还算完善，有一间阅览室，里面放着东方杂志、教育杂志、学生杂志、妇女杂志、儿童世界等等,都是商务印书馆的出版物。还有从历史改编的故事,如岳飞抗金兵、泥马渡康王等等。还有文学研究会的小说集,叶绍钧的《隔膜》、刘大杰的《飘渺的西南风》等等,使我眼界大开。

因为校长姓刘,学校里有好几位老师也姓刘,为了便于区分,学生们都给他们起个外号。教我国文的老师叫大鼻子刘。有一天,他在课堂上,叫我们提问,我请他解释什么叫"天真烂漫",他笑而不答,使我一直莫名其妙。等到我后来也教小学了,才悟出这是教员滑头的诀窍之一,就是他当时也想不出怎样讲解这个词。

父亲和县邮局的局长认识,愿意叫我以后考邮政。那一年,有一位青年邮务员新分配到这个局里,父亲叫我和他交好,在他公休的时候,我们常一同到城墙上去散步,并不记得他教我什么,只记得他常常感叹这一职业的寂寞、枯燥、远离家乡,举目无亲之苦。

干姐结婚后,不久就患肺病死去了,我也到保定读书去了。母亲和表姐,又都回到原籍去。

解放以后,我到安国县去过一次,这一家人,作为地主,生活变化很大。房屋拆除了不少,有被分的,有自卖的。干哥夫妇,在我们居住过的地方,开了一座磨面作坊。

在 北 平

从北平市政府出来以后，失业一段时间，后来到象鼻子中坑小学当事务员。

这座小学校，在东城观音寺街内路北，当时是北平不多几个实验小学之一。

这也是父亲代为谋取的，每月十八元薪金。校长姓刘，是我在安国上小学时那个校长的弟弟，北平师范毕业。当时北平的小学，都由北平师范的学生把持着。北伐战争时期，这个校长参加了国民党，在接收这个小学时，据说由几个同乡同学，从围墙外攻入，登上六年级教室那个制高点，抛掷砖瓦，把据守在校内的非北师毕业的校长驱逐出去。帮他攻克的同乡、同事，理所当然地都是本校教员了。

校长每月六十元薪金，此外修缮费、文具费虚报，找军衣庄给学生做制服，代书店卖课本，都还有些好处。所以他能带家眷，每天早上冲两个鸡蛋，冬天还能穿一件当时在北平很体面的厚呢大外氅。

此人深目鹰鼻，看来不如他的哥哥良善。学校有两名事务员,一个管会计,一个管庶务。原来的会计,也是安国人,大概觉得这个职业,还不如在家种地,就辞职不干了。父亲在安国听到这个消息,就托我原来的校长和他弟弟说,看人情答应的。

但是,我的办事能力实在不行,会计尤其不及格。每月向社会局(那时不叫教育局)填几份表报,贴在上面的单据,大都是文具店等开来的假单据,要弄得支付相当,也需要几天时间。好在除了这个,也实在没有多少事。校长看我是个学生,又刚来乍到,连那个保险柜的钥匙,也不肯交给我。当然我也没兴趣去争那个。

只是我的办公地点太蹩脚。校长室在学校的前院,外边一大间,安有书桌电话,还算高敞;里边一间,非常低小阴暗,好像是后来加盖的一个"尾巴",但不是"老虎尾巴",而是像一个肥绵羊的尾巴。尾巴间向西开了一个低矮的小窗户,下面放着我的办公桌。靠南墙是另一位办事员的床铺,靠北墙是我的床铺。

庶务办事员名叫赵松,字干久,比我大几岁。他在此地干得很久了,知道学校很多掌故,对每位教员,都有所评论,并都告诉我。

每天午饭前,因为办公室靠近厨房,教员们下课以后,都拥到办公室来,赵松最厌烦的是四年级的级任,这个人,从走路的姿势,就可以看出他的自高自大。他有一个坏习惯,一到办公室,就奔痰盂,大声清理他的鼻喉。赵松给他起了一个绰号,叫做"管乐"。这位"管乐"西服革履,趾高气扬。后来忽然低头丧气起来,赵松告诉我,此人与一女生发生关系,女生怀孕,正在找人谋求打胎。并说校长知而不问,是因同乡关系。

六年级级任,也是校长的同乡。他年岁较大,长袍马褂,每到下课,就一边擦着鼻涕,一边急步奔到我们的小屋里,两手把长袍架起,眯着眼睛,弓着腰,嘴里喃喃着"小妹妹,小妹妹",直奔赵松的床铺,其神态酷似贾琏。赵松告诉我,这位老师,每星期天都去逛暗娼,对女生,师道也很差。

学校的教室,都在里院,和我们隔着一道墙,我不好走动,很少进去观望。上课的时候,教员讲课的声音,以及小学生念笔顺的音声,是听得很清楚的。那时这座小学正在实验"引起动机"教学法。就是先不讲课文的内容,而由教员从另外一种事物引起学生学习课文的动机。不久,小学生就了解老师的做法,不管你怎样引起,他就是不往那上面说。比如课文讲的是公鸡,老师问:

"早晨你们常听见什么叫唤呀?"

"鸟叫。"学生们回答。

老师一听有门,很高兴,又问:

"什么鸟叫啊?"

"乌鸦。"

"没有听到别的叫声吗?"

"听到了,麻雀。"

这也是赵松告诉我的故事。

每月十八元,要交六元伙食费,剩下的钱再买些书,我的生活,可以算是很清苦了。床铺上连枕头也没有,冬天枕衣包,夏天枕棉裤。赵松曾送我两句诗,其中一句是"可怜年年枕棉裤"。

可是正在青年,志气很高,对人从不假借,也不低三下四。现在想起来,这一方面,固然是刚出校门,受社会感染还不深,也并没有实受饥寒交迫之苦;另一方面也因为家有一点恒产,有退身之路,可以不依附他人,所以能把腰直立起来。

这些教员自视,当然比我们高一等,他们每月有四十元薪金,但没有一个人读书,也不备课,因为都已教书多年,课本又不改变。每天吃过晚饭,就争先恐后地到外边玩去了。三年级级任,是定兴县人,他家在东单牌楼开一座澡堂,有时就请同事到那里洗澡,当然请不到我们的名下。

我和赵松,有时寂寞极了,也在星期六晚上,到前门外娱乐场所玩一趟,每人要花一元多钱,这在我们,已经是所费不赀了。回来后,赵松总是倒在床上唉叹不已,表示忏悔。后来,他的一位同乡,在市政府当了科长,约他去当一名办事员,每月所得,可与教员媲美。他把遗缺留给他的妹夫,这人姓杨,也是个中学生,和我也很要好。

我还是买些文艺书籍来读。一年级的级任老师,是个女的,有时向我借书看;她住在校内,晚上有时也到我们屋里谈谈,总是站在桌子旁边,不苟言动。

每逢晚饭之后,我到我的房后面的操场上去。那里没有一个人,我坐在双杠上,眼望着周围灰色的墙,和一尘不染的天空,感到绝望。我想离开这里,到什么地方去呢?我想起在中学时,一位国文老师,讲述济南泉柳之美,还有一种好吃的东西,叫小豆腐,我幻想我能到济南去。不久,我就以此为理由,向校长提出辞职,校长当然也不会挽留。

但到济南又投奔何处?连路费也没有。我只好又回到老家去,那里有粥喝。

一九八〇年十月十一日晨

乡里旧闻 *(二)

木匠的女儿

这个小村庄的主要街道,应该说是那条东西街,其实也不到半里长。街的两头,房舍比较整齐,人家过的比较富裕,接连几户都是大梢门。

进善家的梢门里,分为东西两户,原是兄弟分家,看来过去的日子,是相当势派的,现在却都有些没落了。进善的哥哥,幼年时念了几年书,学得文不成武不就,种庄稼不行,只是练就一笔好字,村里有什么文书上的事,都是求他。也没有多少用武之地,不过红事喜帖,白事丧榜之类。进善幼年就赶上日子走下坡路,因此学了木匠,在农村,这一行业也算是高等的,仅次于读书经商。

---

*《乡里旧闻(一)》以《乡里旧闻》为题,已收入《秀露集》一书。

他是在束鹿旧城学的徒。那里的木匠铺,是远近几个县都知名的,专做嫁妆活。凡是地主家聘姑娘,都先派人丈量男家居室,陪送木器家具。只有内间的,叫做半套;里外两间都有的,叫做全套。原料都是杨木,外加大漆。

学成以后,进善结了婚,就回家过日子来了。附近村庄人家有些零星木活,比如修整梁木,打做门窗,成全棺材,就请他去做,除去工钱,饭食都是好的,每顿有两盘菜,中午一顿还有酒喝。闲时还种几亩田地,不误农活。

可是,当他有了一儿一女以后,他的老婆因为过于劳累,得肺病死去了。当时两个孩子还小,请他家的大娘带着,过不了几年,这位大娘也得了肺病,死去了。进善就得自己带着两个孩子,这样一来,原来很是精神利索的进善,就一下变得愁眉不展,外出做活也不方便,日子也就越来越困难了。

女儿是头大的,名叫小杏。当她还不到十岁,就帮着父亲做事了,十四五岁的时候,已经出息得像个大人。长得很俊俏,眉眼特别秀丽,有时在梢门口大街上一站,身边不管有多少和她年岁相仿的女孩儿们,她的身条容色,都是特别引人注目的。

贫苦无依的生活,在旧社会,只能给女孩子带来不幸。越长的好, 其不幸的可能就越多。她们那幼小的心灵,先是向命运之神应战，但多数终归屈服于它。在绝望之余，她从一面小破镜中，看到了自己的容色，她现在能够仰仗的只有自己的青春。

她希望能找到一门好些的婆家，但等她十七岁结了婚，不只丈夫不能叫她满意，那位刁钻古怪的婆婆，也实在不能令人忍受。她上过一次吊，被人救了下来，就长年住在父亲家里。

虽然这是一个不到一百户的小村庄，但它也是一个社会。它有贫穷富贵，有尊荣耻辱，有士农工商，有兴亡成败。

进善常去给富裕人家做活，因此结识了那些人家的游手好闲的子弟。其中有一家在村北头开油坊的少掌柜，他常到进善家来，有时在夜晚带一瓶子酒和一只烧鸡，两个人喝着酒，他撕一些鸡肉叫小杏吃。不久，就和小杏好起来。赶集上庙，两个人约好在背静地方相会，少掌柜给她买个烧饼裹肉，或是买两双袜子送给她。虽说是少女的纯洁，虽说是廉价的爱情，这里面也有倾心相与，也有引诱抗拒，也有风花雪月，也有海誓山盟。

女人一旦得到依靠男人的体验，胆子就越来越大，羞耻就越来越少；就越想去依靠那钱多的，势力大的。这叫做一步步往上依靠，灵魂一步步往下堕落。

她家对门有一位在县里当教育局长的，她和他靠上了，局长回家，就住在她家里。

　　一九三七年，这一带的国民党政府逃往南方，局长也跟着走了。成立了抗日县政府，组织了抗日游击队。抗日县长常到这村里来，有时就在进善家吃饭住宿。日子长了，和这一家人都熟识了，小杏又和这位县长靠上，她的弟弟给县长当了通讯员，背上了盒子枪。

　　一九三八年冬天，日本人占据了县城。屯集在河南省的国民党军队张荫梧部，正在实行曲线救国，配合日军，企图消灭八路军。那位局长，跟随张荫梧多年了，有一天，又突然回到了村里。他回到村庄不多几天，县城的日军和伪军，扫荡了这个村庄，把全村的男女老少集合到大街上，在街头一棵槐树上，烧死了抗日村长。日本人在各家搜索时，在进善的女儿房中，搜出一件农村少有的雨衣，就吊打小杏，小杏说出是那位局长穿的，日本人就不再追究，回县城去了。日本人走时，是在黄昏，人们惶惶不安地刚吃过晚饭，就听见街上又响起枪来。随后，在村东野外的高沙岗上，传来了局长呼救的声音。好像他被绑了票，要乡亲们快凑钱搭救他。深夜，那声音非常凄厉。这时，街上有几个人影，打着灯笼，挨家挨户借钱，家家都早已插门闭户了。交了钱,并没得买下局长的命,他被枪毙在高岗之上。

有人说,日本这次扫荡,是他勾引来的,他的死刑是"老八"执行的。他一回村,游击组就向上级报告了。可是,如果他不是迷恋小杏,早走一天,可能就没事……

日本人四处安插据点,在离这个村庄三里地的子文镇,盖了一个炮楼,形势一天比一天紧张,我们的主力西撤了。汉奸活跃起来,抗日政权转入地下,抗日县长,只能在夜间转移。抗日干部被捕的很多,有的叛变了。有人在夜里到小杏家,找县长,并向他劝降。这位不到二十岁的县长,本来是个纨绔子弟,经不起考验,但他不愿明目张胆地投降日本,通过亲戚朋友,到敌占区北平躲身子去了。

小杏的弟弟,经过一些坏人的引诱怂恿,带着县长的两支枪,投降了附近的炮楼,当了一名伪军。他是个小孩子,每天在炮楼下站岗,附近三乡五里,都认识他,他却坏下去的很快,敲诈勒索,以至奸污妇女。他那好吃懒做的大伯,也仗着侄儿的势力,在村中不安分起来。在一九四三年以后,根据地形势少有转机时,八路军夜晚把他掏了出来,枪毙示众。

小杏在二十几岁上,经历了这些生活感情上的走马灯似的动乱,打击,得了她母亲那样致命的疾病,不久就死了。她是这个小小村庄的一代风流人物。在烽烟炮火的激荡中,她几乎还没有来得及觉醒,她的花容月貌,就悄然消失,不会有人再想到她。

进善也很快就老了。但他是个乐天派,并没有倒下去。一九四五年,抗日战争胜利,县里要为死难的抗日军民,兴建一座纪念塔,在四乡搜罗能工巧匠。虽然他是汉奸家属,但本人并无罪行。村里推荐了他,他很高兴地接受了雕刻塔上飞檐门窗的任务。这些都是木工细活,附近各县,能有这种手艺的人,已经很稀少了。塔建成以后,前来游览的人,无不对他的工艺啧啧称赞。

工作之暇,他也去看了看石匠们,他们正在叮叮当当,在大石碑上,镂刻那些抗日烈士的不朽芳名。

回到家来,他孤独一人,不久就得了病,但人们还常见他拄着一根木棍出来,和人们说话。不久,村里进行土地改革,他过去相好那些人,都被划成地主或富农,他也不好再去找他们。又过了两年,才死去了。

老刁

老刁,河北深县人,他从小在外祖父家长大,外祖父家是安平县。他在保定育德中学读书时,就把安平人引为同乡,我比他低两年级,他对幼小同乡,尤其热情。他有一条腿不大得劲,长得又苍老,那时人们就都叫他老刁。

他在育德中学的师范班毕业以后,曾到安新冯村,教过一年书,后来到北平西郊的黑龙潭小学教书。那时我正在北平失业,曾抱着一本新出版的《死魂灵》,到他那里住了两天。

有一年暑假,我们为了找职业都住在保定母校的招待楼里,那是一座碉堡式的小楼。有一天,他同另一位同学出去,回来时,非常张惶,说是看见某某同学被人捕去了。那时捕去的学生,都是共产党。

过了几年,爆发了抗日战争。一九三九年春天,我同陈肇同志,要过路西去,在安平县西南地区,遇到了他。当听说他是安平县的"特委"时,我很惊异。我以为他还在北平西郊教书,他怎么一下子弄到这么显赫的头衔。那时我还不是党员,当然不便细问。因为过路就是山地,我同老陈把我们骑来的自行车交给他,他给了我们一人五元钱,可见他当时经济上的困难。

那一次,我只记得他说了一句:

"游击队正在审人打人,我在那里坐不住。"

敌人占了县城,我想可能审讯的是汉奸嫌疑犯吧。

一九四一年,我从山地回到冀中。第二年春季,我又要过路西去,在七地委的招待所,见到了他。当时他好像很不得意,在我的住处坐了一会儿就走了。这也使我很惊异,怎么他一下又变得这么消沉?

一九四六年夏天,抗日战争早已结束,我住在河间临街的一间大梢门洞里。有一天下午,我正在街上闲立着,从西面来了一辆大车,后面跟着一个人,脚一拐一拐的,一看正是老刁。我把他拦请到我的床位上,请他休息一下。记得他对我说,要找一个人,给他写个历史证明材料。他问我知道不知道安志诚先生的地址,安先生原是我们在中学时的图书馆管理员。我说,我也不知道他的住处,他就又赶路去了,我好像也忘记问他,是要到哪里去?看样子,他在一直受审查吗?

又一次我回家,他也从深县老家来看我,我正想要和他谈谈,正赶上我母亲那天叫磨扇压了手,一家不安,他匆匆吃过午饭就告辞了。我往南送他二三里路,他的情绪似乎比上两次好了一些。他说县里可能分配他工作。后来听说,他在县公安局三股工作,我不知道公安局的分工细则,后来也一直没有见过他。没过两年,就听说他去世了。

也不过四十来岁吧。

我的老伴对我说过,抗日战争时期,我不在家,有一天老刁到村里来了,到我家看了看,并对村干部们说,应该对我的家庭,有些照顾。他带着一个年轻女秘书,老刁在炕上休息,头枕在女秘书的大腿上。老伴说完笑了笑。一九四八年,我到深县县委宣传部工作。县里开会时,我曾托区干部,对老刁的家庭,照看一下。我还曾路过他的村庄,到他家里去过一趟。院子里空荡荡的,好像并没有找到什么人。

事隔多年,我也行将就木,觉得老刁是个同学又是朋友,常常想起他来,但对他参加革命的前前后后,总是不大清楚,像一个谜一样。

一九八〇年九月二十一日晨

乡里旧闻(三)

菜　虎

东头有一个老汉,个儿不高,膀乍腰圆,卖菜为生。人们都叫他菜虎,真名字倒被人忘记了。这个虎字,并没有什么恶意,不过是说他以菜为衣食之道罢了。他从小就干这一行,头一天推车到滹沱河北种菜园的村庄趸菜,第二天一早,又推上车子到南边的集市上去卖。因为南边都是旱地种大田,青菜很缺。

那时用的都是独木轮高脊手推车,车两旁捆上菜,青枝绿叶,远远望去,就像一个活的菜畦。

一车水菜分量很重,天暖季节他总是脱掉上衣,露着油黑的身子,把绊带套在肩上。遇见沙土道路或是上坡,他两条腿叉开,弓着身子,用全力往前推,立时就是一身汗水。但如果前面是硬整的平路，他推得就很轻松愉快了，空行的人没法赶过他去。也不知道他怎么弄的,那车子发出连续的有节奏的悠扬悦耳的声音,——吱吜——吱吜——吱吜吜——吱吜吜。他的臀部也左右有节奏地摆动着。这种手推车的歌,在我幼年的记忆中,留下了深刻的印象。这是田野里的音乐,是道路上的歌,是充满希望的歌。有时这种声音,从几里地以外就能听到。他的老伴,坐在家里, 这种声音从离村很远的路上传来。有人说,菜虎一过河,离家还有八里路,他的老伴就能听见他推车的声音,下炕给他做饭,等他到家,饭也就熟了。在黄昏炊烟四起的时候,人们一听到这声音,就说:"菜虎回来了。"

民国六年七月初,滹沱河决口,这一带发了一场空前的洪水,庄稼全都完了,就是半生半熟的高粱,也都冲倒在地里,被泥水浸泡着。直到九、十月间,已经下过霜,地里的水还没有撤完,什么晚庄稼也种不上,种冬麦都有困难。这一年的秋天,颗粒不收,人们开始吃村边树上的残叶,剥下榆树的皮,到泥里水里捞泥高粱穗来充饥,有很多小孩到撒过水的地方去挖地梨,还挖一种泥块,叫做"胶泥沉儿",是比胶泥硬,颜色较白的小东西,放在嘴里吃。这原是营养植物的,现在用来营养人。

人们很快就干黄干瘦了,年老有病的不断死亡,也买不到棺木,都用席子裹起来,找干地方暂时埋葬。

那年我七岁,刚上小学,小学也因为水灾放假了,我也整天和孩子们到野地里去捞小鱼小虾,捕捉蚂蚱、蝉和它的原虫,寻找野菜,寻找所有绿色的、可以吃的东西。常在一起的,就有菜虎家的一个小闺女,叫做盼儿的。因为她母亲有痨病,常年喘嗽,这个小姑娘长得很瘦小,可是她很能干活,手脚利索,眼快,在这种生活竞争的场所,她常常大显身手,得到较多较大的收获,这样就会有争夺,比如一个蚂蚱、一棵野菜,是谁先看见的。

孩子们不懂事,有时问她:

"你爹叫菜虎,你们家还没有菜吃?还挖野菜?"

她手脚不停地挖着土地,回答:

"你看这道儿,能走人吗?更不用说推车了,到哪里去趸菜呀?一家人都快饿死了!"

孩子们听了,一下子就感到确实饿极了,都一屁股坐在泥地上,不说话了。

忽然在远处高坡上,出现了几个外国人,有男有女,男的穿着中国式的长袍马褂,留着大胡子,女的穿着裙子,披着金黄色的长发。

"鬼子来了。"孩子们站起来。

作为庚子年这一带义和团抗击洋人失败的报偿,外国人在往南八里地的义里村,建立了一座教堂,但这个村庄没有一家在教。现在这些洋人是来视察水灾的。他们走了以后,不久在义里村就设立了一座粥厂。村里就有不少人到那里去喝粥了。

又过了不久,传说菜虎一家在了教。又有一天,母亲回到家来对我说:

"菜虎家把闺女送给了教堂,立时换上了洋布衣裳,也不愁饿死了。"

我当时听了很难过,问母亲:

"还能回来吗?"

"人家说,就要带到天津去呢,长大了也可以回家。"母亲回答。

可是直到我离开家乡,也没见这个小姑娘回来过。我也不知道外国人一共收了多少小姑娘, 但我们这个村庄确实就只有她一个人。

菜虎和他多病的老伴早死了。

现在农村已经看不到菜虎用的那种小车, 当然也就听不到它那种特有的悠扬悦耳的声音了。现在的手推车都换成了胶皮轱辘,推动起来,是没有多少声音的。

光　棍

　　幼年时,就听说大城市多产青皮、混混儿,斗狠不怕死,在茫茫人海中成为谋取生活的一种道路。但进城后,因为革命声势,此辈已销声敛迹,不能见其在大庭广众之中,行施其伎俩。十年动乱之期,流氓行为普及里巷,然已经"发迹变态",似乎与前所谓混混儿者,性质已有悬殊。

　　其实,就是在乡下,也有这种人物的。十里之乡,必有仁义,也必有歹徒。乡下的混混儿,名叫光棍。一般的,这类人幼小失去父母,家境贫寒,但长大了,有些聪明,不甘心受苦。他们先从赌博开始,从本村赌到外村,再赌到集市庙会。他们能在大戏台下,万人围聚之中,吆三喝四,从容不迫,旁若无人,有多大的输赢,也面不改色。当在赌场略略站住脚步,就能与官面上勾结,也可能当上一名巡警或是衙役。从此就可以包办赌局,或窝藏娼妓。这是顺利的一途。其在赌场失败者,则可以下关东,走上海,甚至报名当兵,在外乡流落若干年,再回到乡下来。

我的一个远房堂兄,幼年随人到了上海,做织布徒工。失业后,没有饭吃,他趸了几个西瓜到街上去卖,和人争执起来,他手起刀落,把人家头皮砍破,被关押了一个月。出来后,在上海青红帮内,也就有了小小的名气。但他究竟是一个农民,家里还有一点点恒产,不到中年就回家种地,也娶妻生子,在村里很是安分。这是偶一尝试,又返回正道的一例,自然和他的祖祖辈辈的"门风"有关。

　　在大街当中,有一个光棍名叫老索,他中年时官至县城的巡警,不久废职家居,养了一笼画眉。这种鸟儿,在乡下常常和光棍做伴,可能它那种霸气劲儿,正是主人行动的陪衬。

　　老索并不鱼肉乡里,也没人去招惹他。光棍一般的并不在本村为非作歹,因为欺压乡邻,将被人瞧不起,已经够不上光棍的称号。但是,到外村去闯光棍,也不是那么容易。相隔一里地的小村庄,有一个姓曹的光棍,老索和他有些输赢账。有一天,老索喝醉了,拿了一把捅猪的长刀,找到姓曹的门上。声言:"你不还账,我就捅了你。"姓曹的听说,立时把上衣一脱,拍着肚脐说:"来,照这个地方。"老索往后退了一步,说:"要不然,你就捅了我。"姓曹的二话不说,夺过他的刀来就要下手。老索转身往自己村里跑,

181

姓曹的一直追到他家门口。乡亲拦住，才算完事。从这一次，老索的光棍，就算"栽了"。

他雄心不死，他把希望寄托在下一代，他生了三个儿子，起名虎、豹、熊。姓曹的光棍穷得娶不上妻子，老索希望他的儿子能重新建立他失去的威名。

三儿子很早就得天花死去了，少了一个熊。大儿子到了二十岁，娶了一门童养媳，二儿子长大了，和嫂子不清不楚。有一天，弟兄两个打起架来，哥哥拿着一根粗大杠，弟弟用一把小鱼刀，把哥哥刺死在街上。在乡下，一时传言，豹吃了虎。村里怕事，仓促出了殡，民不告，官不究，弟弟到关东去躲了二年，赶上抗日战争，才回到村来。他真正成了一条光棍。那时村里正在成立农会，声势很大，村两头闹派性，他站在西头一派，有一天，在大街之上，把新任的农会主任，撞倒在地。在当时，这一举动，完全可以说成是长地富的威风，但一查他的三代，都是贫农，就对他无可奈何。我们有很长时期，是以阶级斗争代替法律的。他和嫂嫂同居，一直到得病死去。他嫂子现在还活着，有一年我回家，清晨路过她家的小院，看见她开门出来，风姿虽不及当年，并不见有什么愁苦。

这也是一种门风，老索有一个堂房兄弟名叫五湖。我幼年时,他在街上开小面铺,兼卖开水。他用竹簪把头发盘在头顶上,就像道士一样。他养着一匹小毛驴,就像大个山羊那么高,但鞍镫铃铛齐全,打扮得很是漂亮。我到外地求学,曾多次向他借驴骑用。

面铺的后边屋子里,住着他的寡嫂。那是一位从来也不到屋子外面的女人,她的房间里,一点光线也没有。她信佛,挂着红布围裙的迎门桌上,长年香火不断。这可能是避人耳目,也可能是忏悔吧。

据老年人说,当年五湖也是因为这个女人把哥哥打死的,也是到关东躲了几年,小毛驴就是从那里骑回来的。五湖并不像是光棍,他一本正经,神态岸然,倒像经过修真养性的人。乡人尝谓:如果当时有人告状,五湖受到法律制裁,就不会再有虎豹间的悲剧。

一九八○年九月二十九日晨

成活的树苗

今夏,同院柳君,去承德,并至坝上,携回马尾松树苗共八株,分赠院中好花事者。余得其三,植于一盆,一月后,死二株,成活一株,值雨后,挺拔俊秀,生气四溢。同院诸老,甚为羡慕。

今晨,我正对它欣赏,柳君走过来说:

"带回八株, 而你培养者, 独能成活, 望总结经验以告。"

我笑着说:

"这有什么经验,你给我三株,我同时把它们栽到一个盆里。死去两株,这一株活了,是赶对劲了吧。"

柳君说:

"不然,活一棵就了不起。我看见你常常给它松土,另外,这地方见太阳,而不太毒。太阳是好东西,但太毒则伤害万物。"

我不好再和他争辩,并说:

"种植时,我在下面还铺了一层沙子,我们院里的土太粘了。"

柳君的夫人在一旁说:

"这就是经验。"

我说:

"松土、加沙,不太毒的阳光,同施于三株,而此株独活。可能是它的根,在路上未受损伤,也可能是它的生命力特别强盛。我们还是不要贪天之功吧,什么事也不要贪天之功。"

大家一笑而散。

下午,鲍君来访。他要去石家庄开文艺座谈会,到那里将见到刘、从二君,我托他代为致问候之意,并向他们约稿。

谈话间,我说:

"近些日子,我常想这样一个问题:近几年,人们常说,什么刊物,什么人,培养出了什么成名的作家,这是不合事实的。比如刘、从二君,当初,人家稿子一来就好,就能用。

刊物和编者,只能说起了一些帮忙助兴的作用,说是培养,恐怕是过重了些,是贪天之功,掠人之美。我过去写了一篇《论培养》,我想写一篇《再论培养》,说明我经历了几十年风尘,在觉悟方面的这一点微微的提高。"

鲍君说:

"我看你还是不要说得太绝对了。那样,人家会说你不想再干这方面的工作了,是撂挑子的话。"

鲍君聪颖,应对敏捷,他的话常常是一针见血的。

随之,大家又一笑而散。

夜晚,睡到一点钟醒来,忽然把这两次谈话联到一起,有所谓"创作"的冲动,遂披衣起床,记录如上。

一九八〇年九月十二日夜记

大星陨落

——悼念茅盾同志

看到茅盾同志逝世的消息,心情十分沉重,惆怅不已,感触也很多。

我和茅盾同志并不熟识,只听过他的一次报告,但一直读他的书。记得我在上初中的时候,就读到他为商务印书馆学生国学丛书选注的一本《庄子》,署名沈德鸿。随后,读到他主持编辑的《小说月报》。这个文学刊物,在当时最有权威,对中国新文学发展所起的作用,也少有刊物能和它相比。直到今天,人们对它的印象,还是很深的。它所登的,都是当时第一流的作品,选择严格,都是现实主义的作品。每期还有评论文章,以及国内外文坛消息。它的内容和版式,在很长时间,成为中国文学刊物的典型。那两本《俄国文学专号》,过了很多年,人们见到,还非常珍视。

不久,我读到他写的反映北伐战争的三部曲,即《幻灭》《动摇》《追求》,使我见到了中国第一次大革命时期,知识分子的群像。

他的长篇《子夜》出版时,我已经在读高中。这部作品,奠定了中国新的长篇小说的基础。作家视野的宽广,人物性格的鲜明,描写手法的高超,直到今天,也很难说有谁已经超越了它。我曾按照当时流行的阶级分析的方法,写了一篇读后记。

他的短篇《春蚕》、《林家铺子》、《残冬》,在《文学》上发表时,我就读过了,非常爱好。

他的译作,在《译文》上我经常读到,后来结集为《桃园》,我又买了一本。

他的理论文章,我也很爱读。他有丰富的创作经验,古今中外的知识又渊博,社会实践阅历很深。他对作品的评价分析,都从艺术分析入手,用字不多,能说到关键的地方,能说到要害,能使人心折意服。他对我的作品,也说过几句话。那几句话,不是批评,但有规戒的成分;不是捧场,但有鼓励的成分,使作者乐于接受,读者乐于引用。文艺批评,说大道理是容易的,能说到"点"上,是最难的。

最近一二年,我又读了他发表的回忆录,知道了他参加革命的全部历程。不久以前,我还想:茅盾同志如果少参加一些实际工作,他留给我们的创作成果,会比现在更多吧。这种想法是片面的。正是他长期参加了革命的实际工作,他才能在创作上有这样大的建树。他的创作,都与这些革命实践有关。实际的革命工作,是他从事革命文艺工作的坚实基础。至于过多的行政工作,对他的创作是否有利,当然可以另作别论。

茅盾同志在文学创作、中国古典文学的研究、介绍外国文学作品、编辑刊物、文艺理论这几个方面,都很有成就,很有修养,对我们这一代作家,有极大的影响。他对中国新文学事业,功绩卓著。在先辈开辟的道路上,我们只有加倍努力,奋勇前进。

系以韵语,借抒悲怀:

大星陨落,黄钟敛声。哲人虽逝,犹存典型,遗产丰美,玉振金声。荆榛易布,大木难成,小流作响,大流无声。文坛争竞,志趣不同,风标高下,或败或成。艺途多艰,风雨不停,群星灿灿,或暗或明。文艺之道,忘我无私,人心所系,孜孜求之。丝尽蚕亡,歌尽蝉僵,不死不止,不张不扬。作者恢宏,其艺自高,作者狭隘，其作嚣嚣。少年矫捷，逐浪搏风，一旦失据，委身泥中。文贵渊默，最忌轻浮，饰容取悦，如蝇之逐。大树根深，其质乃坚，高山流水，其声乃清，我辈所重，"五四"遗风。

一九八一年四月一日晚

同口旧事

——《琴和箫》代序

一

　　我是一九三六年暑假后,到同口小学教书的。去以前,我在老家失业闲住。有一天,县邮政局,送来一封挂号信,是中学同学黄振宗和侯士珍写的。信中说:已经给我找到一个教书的位子,开学在即,希望刻日赴保定。并说上次来信,寄我父亲店铺,因地址不确被退回,现从同学录查到我的籍贯。我于见信之次日,先到安国,告知父亲,又次日雇骡车赴保定,住在南关一小店内。当晚见到黄、侯二同学。黄即拉我到娱乐场所一游,要我请客。

　　在保定住了两日,即同侯和他的妻子,还有新聘请的两位女教员,雇了一辆大车到同口。侯的职务是这个小学的教务主任,他的妻子和那两位女性,在同村女子小学教书。

二

　　黄振宗是我初中时同班,保定旧家子弟,长得白皙漂亮,人亦聪明。在学校时,常演话剧饰女角,文章写得也不错,有时在校刊发表。并能演说,有一次,张继到我校讲演,讲毕,黄即上台,大加驳斥,声色俱厉。他那时,好像已经参加共产党。有一天晚上,他约我到操场散步,谈了很久,意思是要我也参加。我那时觉悟不高,一心要读书,又记着父亲嘱咐的话:不要参加任何党派,所以没有答应,他也没有表示什么不满。又对我说,读书要读名著,不要只读杂志报刊,书本上的知识是完整的、系统的,而报张杂志上的文章,是零碎的、纷杂的。他的这一劝告,我一直记在心中,受到益处。当时我正埋头在报纸文学副刊和社会科学的杂志里。有一种叫《读书杂志》,每期都很厚,占去不少时间。

　　他毕业后,考入北平中国大学,住在西安门外一家公寓里面,我在东城象鼻子中坑小学当事务员,时常见面。他那时好喝酒,讲名士风流,有时喝醉了,居然躺在大街上,我们只好把他拉起来。大学没有毕业,他回到保定培德中学教国文,风流如故,除经常去妓院,还交接着天华商场说大鼓书的一位女艺人。

一九三九年,我在晋察冀通讯社工作,冬季,李公朴到边区参观,黄是他的秘书,骑着瞎了一只眼的日本大洋马,走在李公朴的前面。在通讯社我和他见了面。那时不知李公朴来意,机关颇有戒心,他也没有和我多谈。我见他口袋里插的钢笔不错,很想要了他的,以为他回到大后方,钢笔有的是。他却不肯给。下午,我到他的驻地看望他,他却自动把钢笔给了我。以后就没有见过面。

解放以后,我只是在一个京剧的演出广告上,见到他的笔名,好像是编剧。不知为什么,我现在总感觉他已经不在人世了。他体质不好,又很放纵。交游也杂乱。至于他当初不肯给我钢笔,那不能算吝啬,正如太平年月,千金之子,肥马轻裘之赠,不能算作慷慨一样。那时物质条件困难,为一支蘸水钢笔尖,或一个不漏水的空墨水瓶,也发生过争吵、争夺。

三

侯士珍,定县人,育德中学师范专修班毕业。在校时,任平民学校校长,与一女生恋爱结婚。毕业后,由育德中学校方介绍到保定第二女子师范当职员。后又到南方从军,不久回保定,失业,募捐办一小报。记得一年暑假,我们同住在育德中学的小招待楼里,他时常给我们唱《国际歌》和《少年先锋歌》。

到同口小学后,他兼音乐课和体操课。他在校外租了一间房,闲时就和同事们打小牌。他精于牌术,赢一些钱,补助家用。我是一次也没有参加过的。我住在校内,有一天中午,我从课堂上下来,在我的宿舍里,他正和一位常到学校卖书的小贩谈话。小贩态度庄严,侯肃然站立在他的面前聆听着。抗日以后,这位书贩,当了区党委的组织部长。使我想起,当时在我的屋子里,他大概是在向侯传达党的任务吧。侯在同口有了一个女孩,要我给起个名儿,我查了查字典,取了"茜茜"二字。

侯为人聪明外露,善于交际,读书不求甚解,好弄一些小权术,颇得校长信任。一天夜里,有人在院中贴了一张大传单,说侯是共产党。侯说是姓陈的训育主任陷害他,要求校长召集会议,声称有姓陈的就没有姓侯的。我忘记校长是怎样处置这个事件的,好像是谁也没有离开吧。不知为什么,我当时颇有些不相信是那位姓陈的干的,倒觉得是侯的一种先发制人的权谋。不久，学校也就放暑假，卢沟桥事变也发生了。

暑假以后，因为天下大乱，家乡又发了大水，我就没有到学校去。侯在同口、冯村一带，同孟庆山，组织抗日游击队，成立河北游击军，侯当了政治部主任。听说他扣押了同口二班的一个地主，随军带着，勒索军饷。

冬季，由我县抗日政府转来侯的一封信，叫我去肃宁看看。家里不放心，叫堂弟同我去。我在安平县城，见到县政指导员李子寿，他说司令部电话，让我随新收编的杨团长的队伍去。杨系土匪出身，队伍更不堪言，长袍、袖手、无枪者甚众。杨团长给了我一匹马。一路上队伍散漫无章，至晚才到了肃宁，其实只有七十里路。司令部有令：杨团暂住城外。我只好只身进城，被城门岗兵用刺刀格住。经联系，先见到政治部宣传科刘科长。很晚才见到侯。那时的肃宁城内大街，灯火明亮，人来人往，抗日队伍歌声雄壮，饭铺酒馆，家家客满，锅勺相击，人声喧腾。

侯同他的爱人带着茜茜，住在一家地主很深的宅子里，他把盒子枪上好子弹，放在身边。

第二天，他对我说，"这里太乱，你不习惯。"正好有人民自卫军司令部的一辆卡车，要回安国，他扎出止操的阎

195

参谋长,把我带去。上车时风很大,他又去取了一件旧羊皮军大衣,叫我路上御寒。到了安国,我见到阎素、陈乔、李之琏等过去的同学同事,他们都在吕的政治部工作。

一九三八年春天,人民自卫军司令部,驻扎安平一带,我参加了抗日工作。一天,侯同家属、警卫,骑着肥壮高大的马匹来到安平,说是要调到山里学习,我尽地主之谊,请他们到家里吃了一顿饭。侯没有谈什么,他的妻子精神有些不佳。

一九三九年,我调到山里,不久就听说,侯因政治问题,已经不在人间。详细情形,谁也说不清楚。

今年,有另一位中学同学的女儿从保定来,是为她的父亲谋求平反的。说侯的妻子女儿,也都不在了。他的内弟刘韵波,是在晋东南抗日战场上牺牲的。这人我曾在保定见过,在同口,侯还为他举行过音乐会,美术方面也有才能。

当时代变革之期,青年人走在前面,充当搏击风云的前锋。时代赖青年推动而前,青年亦乘时代风云冲天高举。从事政治、军事活动者,最得风气之先。但是,我们的国家,封建历史的黑暗影响,积压很重。患难相处时,大家一片天真,尚能共济,一旦有了名利权势之争,很多人就要暴露其缺点,有时就死非其命或死非其所了。热心于学术者,表现虽稍落后,但就保全身命来说,所处境地,危险还小些。当然遇到文化大革命,虽是不问政治的书呆子,也就难以逃脱其不幸了。

四

一九四七年,我又到白洋淀一行。我虽然在《冀中导报》吃饭,并不是这家报纸的正式记者,到了安新县,就没有按照采访惯例,到县委宣传部报到,而是住在端村冀中隆昌商店。商店的经理是刘纪,原是新世纪剧社的指导员,为人忠诚热情,是个典型的农村知识分子。在他那里,我写了几篇关于席民生活的文章,因为是商店,吃得也比较好。

刘纪在"三反"、"五反"运动中,受到批评,也受到一些委屈,精神有很长时间失常。现在完全好了,家在天津,还是不忘旧交,常来看我。他好写诗,有新有旧,订成许多大本子,也常登台朗诵。

他的记忆力,自从那次运动以来,显然是很不好,常常丢失东西。文化大革命后期,我在佟楼谪所,他从王林处来看我,坐了一会儿走了,随即有于雁军追来,说是刘纪错骑了她的车子,我说他已经走了老半天,你快去追吧。于雁军刚走,刘纪的儿子又来了,说他爸爸的眼镜丢了,是不是在我这里。我说:"你爸爸在我这里,他携带什么东西,走时我都提醒他,眼镜确实没丢在这里,你到王林那里去找吧!"他儿子说:"你提醒他也不解决问题。他前些日子去北京,住在刘光人叔叔那里,都知道他丢三落四,临走叔叔阿姨都替他打点什物,送他出门,在路上还不断问他落下东西没有,他说,这次可带全了,什么也没落下。到了车站,才发现他忘了带车票!"

　　我一直感念刘纪,对我那段生活和工作,热情的帮助和鼓励。那次在佟楼见面,我送了他三部书:一、石印《授时通考》,二、石印《南巡大典》,三、影印《云笈七签》。其实都不是什么贵重之物。那时发还了抄家物品,我正为书多房子小发愁,也担心火警,每逢去了抽烟的朋友,我总是手托着烟盘,侍立在旁边,以免火星飞到破烂的旧书上。送给他一些书,是减去一些负担,也减去一些担惊受怕。但他并不嫌弃这些东西,表示很高兴要。在那时,我的命运尚未最后定论,书也还被认为是四旧之一,我上赶送别人几本,有时也会遭到拒绝。所以我觉得刘确是个忠厚的人。

这就使我联想到另一个忠厚的人,刘纪的高小老师,名叫刘通庸。抗日时我认识了他,教了一辈子书,读了一辈子进步的书,教出了许多革命有为的学生,本身朴实得像个农民,对人非常热情、坦率。

我在蠡县的时候,常常路过他的家,他那时已经患了神经方面的病症,我每次去看他,他总不在家,不是砍草拾粪,就是放羊去了。他的书很多,堆放在东间炕头上,我每次去了,总要上炕去翻看一阵子,合适的就带走。他的老伴,在西间纺线,知道是我,从来也不闻不问,只管干她的活。

既然到了安新,我就想到同口去看看,说实在话,我想去那里,并不是基于什么怀旧之情。到了那里,也没有找过去的同事熟人,我知道很多人到外面工作去了。我投宿在老朋友陈乔的家里,这也是抗日战争期间养成的习惯,住在有些关系的户,在生活上可以得到一些特殊照顾。抗日期间,是统一战线政策,找房子住,也不注意阶级成分,住在地主、富农家里,房间、被褥、饮食,也方便些。

但这一次却因为我在《一别十年同口镇》这篇文章的结尾,说了几句朋友交情的话,其实也是那时党的政策,连同《新安游记》等篇,在同年冬季土地会议上,受到了批判。这两篇文章,前者的结尾,后者的开头,后来结集出版时,都作过修改。此次淮舟从报纸复制编入,一字未动,算是复其旧观。也看不出有什么问题,这是因为时过境迁,人的观点就随着改变了。当时弄得那么严重,主要是因为我的家庭成分,赶上了时候,并非文字之过。同时,山东师范学院,发现了《冀中导报》上的批判文章,也函请他们复制寄来,以存历史实际。

五

我是老冀中,认识人也不少,那里的同志们,大体对我还算是客气的。有时受批,那是因为我不知趣。土改以后我在深县工作半年,初去时还背着一点黑锅,但那时同志间,毕竟是宽容的,在我离开那里的时候,县委组织部长穆涛,给我的鉴定是:知识分子与工农干部相结合的模范!这绝不是我造谣,穆涛还健在。

当然,我不能承担这么高的评语。但我在战争年代,和群众相处,也确实还合得来。在那种环境,如果像目前这样生活，我就会吃不上饭，穿不上鞋袜，也保全不住性命。这么说，也有些可以总结的经验吗？有的。对工农干部的团结接近，我的经验有两条：一、无所不谈；二、烟酒不分。在深县时，县长、公安局长、妇联主任都和我谈得来。对于群众，到了一处，我是先从接近老太太们开始，一旦使她们对我有了好感，全村的男女老少，也就对我有了好感。直到现在，还有人说我善于拍老太太们的马屁。此外，因为我一向不是官儿，不担任具体职务，群众就会对我无所要求，也无所顾忌。对他们来说，我就像山水花鸟画一样，无益也无害，这样，说个家常里短的，就很方便。此外，为人处世，就没有什么好的经验可以总结了。对于领导我的人，我都是很尊重的，但又不愿多去接近；对于和文艺工作有些关系的人，虽不一定是领导，文化修养也不一定高，却有些实权，好摆点官架，并能承上启下，汇报情况的人，我却常常应付不得其当。

六

话已经扯得很远，还是回到同口来吧。听说，我教书的那所小学校,楼房拆去了上层,下层现在是公社的仓库。当年同事,有死亡的,也有健在的。在天津,近几年,发现两个当年的学生,一个是六年级的刘学海,现任水利局局长,前几天给我送来一条很大的鱼。一个是五年级的陈继乐,在军队任通讯处长,前些时给我送来一瓶香油。刘学海还说,我那时教国文,不根据课本,是讲一些革命的文艺作品。对于这些,我听起来很新鲜,但都忘记了。查《善闇室纪年》,关于同口,还有这样的记载:"'五四'纪念,作讲演。学生演出之话剧,系我所作,深夜突击,吃冷馒头、熬小鱼,甚香。"

　　淮舟在编我的作品目录时,忽然想编一本书,包括我写的关于白洋淀的全部作品。最初,我是一点兴趣也没有的,也不好打他的兴头。又要我写序,因此联想起很多旧事,写起来很吃力,有时也并不是很愉快的。因为对于这一带人民的贡献和牺牲来说,在文艺作品中的反映,是太薄弱了。

一九八一年六月十七日雨后写讫

买《太平广记》记

　　我第一次买得的《太平广记》，是扫叶山房的石印本，共四函，三十二册。其中短缺两册，用两本《人海记》充衬着。书是从天津劝业场三楼藻玉堂买的，当时的掌柜，是深县一带口音，他诚实地告诉了我这个情况，并说："闲看去吧，不好补。"

　　回到家来，把书装订整理了一下，也没有仔细读，就放起来，"文革"以后，所抄书籍发还，我把这部书，送给了韩映山同志。这部书，我买时价钱五元。

　　对于这部声名显赫的书，我有了这部残缺的石印本，还是不甘心，后来又在天津古籍书店和平路门市部，即过去的泰康商场楼下，买了一部小木板的《太平广记》，木夹，并八套，六十四册。书是山东开雕的，字体倒也清整，只是纸张不好，是一种很薄的黄色土纸，就像乡下用的烧纸。

前两册,还有些圈点、批注,是原阅书人做的,弄得纸面很不干净。书籍发还以后,这部书送给了李克明同志。其实这些同志,并没有版本之好,对于这些古董玩意儿,一定不会喜好的。这部书,我买时,价钱十八元。

这种小木板的《太平广记》,我还见过广东的一种刻本,虽系白纸,但字体漫漶过甚,还不及此本清晰。

买书的欲望,和其他欲望一样,总是逐步升级,得陇望蜀。我又托人民文学出版社,在北京旧书店觅购明刊影印本的《太平广记》。不久,书籍寄来,共十函,六十册,宣纸印刷,磁青书面,丝线装订,雍容华贵,不可言状。价一百元。据书店人称,茅盾同志亦在寻找此书,因我登记较早,故归我所有。此书抄家后,被列为珍贵二等,发还书籍时,示意我"捐献国家",我当时答称,业务所需,不愿捐献,请按政策办事。执事者遂把书还我,书尚完好,只是碰掉几个骨签。

人民文学出版社排印的《太平广记》,我也买了一部,是一九六一年印本,纸张稍黑。近年我们排印的古籍,虽所据为善本,然因校对工作搞不上去,常常事与愿违,不能令人满意。

此外,在五十年代,天津僻静街道上,常有书摊,在北大关一胡同中,我曾见明刊本《太平广记》十余册,蓝色虎皮宣纸封皮。我有洁癖,见其上有许多苍蝇粪,犹豫未买,遂为会文堂主人买去,失之交臂,后颇悔之。会文堂在夫子庙街,主人为清朝一宦官,时常挟一青包袱,往来于早市冷摊,精于版本之学。

我的二十四史

　　一九四九年初进城时,旧货充斥,海河两岸及墙子河两岸,接连都是席棚,木器估衣,到处都是,旧书摊也很多,随处可以见到。但集中的地方是天祥市场二楼,那些书贩用木板搭一书架,或放一床板,上面插列书籍,安装一盏照明灯,就算是一家。各家排列起来,就构成了一个很大的书肆。也有几家有铺面的,藏书较富。

　　那一年是天津社会生活大变动的时期, 物资在默默地进行再分配;但进城的人们,都是穷八路,当时注意的是添置几件衣物,并没有多少钱去买书,人们也没有买书的习惯。

　　那一时期,书籍是很便宜的,一部白纸的四部丛刊,带箱带套,也不过一二百元,很多拆散,流落到旧纸店去。各种廿四史,也没人买,带樟木大漆盒子的,带专用书橱的,就风吹日晒的,堆在墙子河边街道上。

书贩们见到这种情景,见到这么容易得手的货源,都跃跃欲试;但他们本钱有限,货物周转也不灵,只能望洋兴叹,不敢多收。

我是穷学生出身,又在解放区多年,进城后携家带口,除谋划一家衣食,不暇他顾。但幼年养成的爱书积习,又滋长起来。最初,只是在荒摊野市,买一两本旧书,放在自己的书桌上。后来有了一些稿费,才敢于购置一些成套的书,这已经是一九五四年以后的事了。

最初,我从天祥书肆,买了一部涵芬楼影印本的《史记》,是据武英殿本。本子较小,字体也不太清晰。涵芬楼影印的这部廿四史,后来我见过全套,是用小木箱分代函装,然后砌成一面小影壁,上面还有瓦檐的装饰。但纸张较劣,本子较小是它的缺点,因此,并不为藏书家所珍爱。很长一段时间,人们喜爱同文书局石印的廿四史,它也是根据武英殿本,但纸张洁白而厚,字大行稀,看起来醒目,也是用各式小木箱分装,然后堆叠起来,自成一面墙,很是大方。我只买了一部《梁书》而已。

有一次,天祥一位人瘦小而本亦薄的商人,买了一套中华书局印的前四史,很洁整,当时我还是胸无大志,以为买了前四史读读，也就可以了，用十元钱买了下来。因为开了这个头，以后就陆续买了不少中华书局的廿四史零种。其实中华书局的四部备要本廿四史，并不佳。即以前四史而言，名为仿宋，字也够大，但以字体扁而行紧密，看起来，还是不很清楚。以下各史，行格虽稀，但所用纸张，无论黑白，都是洋纸，吸墨不良，多有油渍。中华书局的廿四史，也是据武英殿本重排，校刊只能说还可以，总之，并不引人喜爱。清末，有几处官书局，分印廿四史，金陵书局出的包括《史记》在内的几种，很有名，我也曾在天祥见过，以本子太大，携带不便，失之交臂之间。

我的《南史》和《周书》，是光绪年间，上海图书集成印书局校印本，字体并不小，然字扁而行密，看起来字体联成一线，很费目力。清末民初，用这种字体印的书很不少，如《东华录》、《纪事本末》等。这种书，用木板夹起，文化大革命中，抄书发还，院中小儿，视为奇观，亦可纪也。

我的《陈书》是商务印书馆四部丛刊的百衲本。这种本子在版本学术上很有价值，但读起来并不方便。我的《新五代史》，是刘氏玉海堂的覆宋本，共十二册，印制颇精。

国家标点的廿四史，可谓善本，读起来也方便。因为有了以上那些近似古董的书,后来只买了《魏书》、《辽史》。发见这种新书,厚重得很,反不及线装书,便利老年人阅读。

　　这样东拼西凑,我的廿四史,也可以说是百衲本了。

我的书目书

要购买一些古籍旧书,书目是不可缺少的,虽不能说是指路明灯,总可以增加一点学识,助长一些兴趣。但真正实用的书目,也并不很多。解放初期,我是按照鲁迅先生开给许世瑛的书目,先买了一部木版《四库全书简明目录》,是在天津鬼市上以廉价买的,两函,共十二册。后来又买了《四库全书总目》,是商务印书馆的万有文库本,共四十册,在文化大革命中散失了。在浩劫中,我丢失了不少书目书,其中包括印得非常豪华的《西谛书目》,以及《四库简明目录标注》这种很切实用的书。我一直很奇怪,为什么有人喜欢这种近于无用之物呢?过了好久,才领悟出来:原来这些书目,是和辞源、各种大词典一类工具书放在一起,抄家时捆在一起运出去了。到了什么地方,一定是有人想要那些辞源、词典,就把捆拆散了。因此那些书目,就堆落在地下，无人收拾，手扔脚踢，就不见了。书籍发还时，我开列了一张遗失书籍单，共近百册，还都是古旧书，颇引起一些人的惊异，问道：你平日记忆力那样坏，为什么对于这些破书，记得如此清楚？执事者倒也客气，回答说：你丢的那些书，我们的书堆里都有，就是上面没有你的图章。我平日买书很多，很少在上面打图章，也很少写上名字。当时好像就有一个想法，书籍这种东西，过眼云烟，以后不知落于谁人之手，何必费这些事呢？后来给我找来一本偶尔印有图章的《贩书偶记》，我一看已经弄得很脏，当场送给了别人，也就不想再去查寻这些书目了。

闲话少说，且说我那一部四库总目，是万有文库本，我还配购了查禁、抽毁、销毁书目。这种万有文库，无论从版式、印刷、纸张、装订上讲，都是既实用，又方便，很好的古籍读本。书籍印刷，正如一切文化现象，并不都是后来居上的，它也是迂回曲折的。至少在目前，就没有这样一种本子：道林纸印，线密装，封皮柔韧，字号行间，都很醒目。我现在用来补救的，是又买了一本中华书局影印的大本。姑无论这么一块长城砖头似的书，翻阅极为不便；又因为它是一页之上，分三栏影印，字体细密，亦非老年人轻易所能阅读。但我还是买了一本，炉存似火，聊胜于无。

总目学术价值很大,但并不是购置旧书的门径书。因为它所采用的版本,已经近于史书的艺文志,现在无从寻觅。其他一些古代公私书目,也是如此。比较实用的,则是《四库简明目录标注》,现在归上海古籍出版社印刷,很易得。我原有一本丢失了,又买了一本。它的好处是在各书的后面,都注明近代的版本。张之洞的《书目答问》,也有这个好处,且更简明。近年更有人辑录小说书目,杂剧书目,对于研究此道者,更为方便。

我有一部清末琉璃厂书肆编印的《书目汇刻》,正续两编,有当时出版的各种丛书的细目,很便查考。另有一部直隶津局运售各省书籍总目,是李鸿章当政时刻印的。据此,可以略知当时各省书局所印的书。还附有上海制造局所印的一些地理、数学、机械、化学方面的书籍目录,反映了当时崇尚新学的特点。并从价目上,可知当时印书用纸的名目,如官堆、料半宣、杭连、赛连、头太、毛太之类。

王凤岗坑杀抗属

汉奸变蒋军,王凤岗的部队,在大清河的边岸,开辟了一块小小的"根据地",这与其说是"开辟",不如说是篡夺。因为八路军追赶敌人去了,他却乘机"巩固"了后方。

他并且坑杀,不断的坑杀抗日战士的家属,一次竟用机枪扫射死三十个老弱。这是三十个光辉的生命,因为他们的子弟,在敌后苦战八年,一直到战败日本帝国主义者。

王凤岗杀死他们的父母妻子姐妹,不会再有心软而糊涂的人要问"他为什么要杀这么多抗属呢"了吧!

子弟兵的父母妻子姐妹流血了,血流在他们解放了的土地上,血流在大清河的边岸。那里水清人秀,是冀中区人民心爱的地方。他们被活埋了,就在这河的边岸!

这些死去的人,白发的或者是红颜的,在八年战争里,交出自己的儿子,送去自己的丈夫,送在门口,送在村外告诉他：

"不打走敌人，不要回来！"

青年战士们记着这些话语,战斗不息。

而王凤岗在他们的背后，坑杀了他们的父母妻子姐妹。

王凤岗杀死了这些抗属，那些盼望抗日胜利到来的人们,那些等待儿子丈夫归来的人！

就是他们的子弟回来了,也已看不见自己的亲人,连坟墓也没有！如果,大清河两岸长大的青年战士们,听到了这个消息,我想他们不会啼哭。枪要永远背在肩上,枪要永远拿在手里,更残酷的敌人来了,新的仇恨已经用亲人的血液写在大地上！

而他们有弟弟吗,有拿起枪来的侄儿们吗？

当大清河永远的用平静浑厚的面貌和声音，在明媚的田野里静静的流过去,它两岸的人民会想念起一切的。那些光荣的日子,母亲和妻子送走自己的亲人的时候,没流眼泪,而是在河岸上唱过歌的。

在这样可亲可爱、浮载着这光荣的歌声的河流两岸,谁能记得清,曾进行过多少次英勇的战斗？

王凤岗用奸计蹂躏了它,用机枪、铡刀、泥土杀死了这里的最光荣的人民——抗属！

死者的子弟们！能想象父母妻子姐妹临死时对你们的无声的嘱告吗？

一九四六年七月

两天日记

　　三月二十五日(星期六)晴。晚去滨江道光明影戏院看《青灯怨》，楼上票价五千元 (今日棒子面牌价一千四百元)。入座后，观众颇为踊跃，身前身后，及从左右走过者，以农村习惯看来，盖都是生活比较富裕的。我坐在中间，一时感到这是跋涉山水，吞糠咽菜的时候所未能想象到的。

　　正片前有新闻简报，有一段为皖南救灾，农村现实突然出现，农民的劳苦的干瘦的脸面，破烂的衣衫，黑暗的小屋，同时出现，把我拉回过去的生活里，心里一阵难过。难过不在于他们把我拉回灾难的农村生活里去，难过我同他们虽然共过一个长时期的忧患，但是今天我的生活已经提高了，而他们还不能，并且是短时间还不能过到类似我今天的生活。

我同他们的生活已经距离很远,有很大悬殊。艺术在这一时刻把我拉到他们的面前,使我从感情上得到一次激动得到一次陶冶,使我想到在我们祖国的幅员上,大多数的人民还处在这样的一种生活水准。虽然,我们的城市生活也还需要建设得更幸福,然而以我们眼下的生活作标准,饱经忧患,勤劳朴素,对祖国有过重大的贡献的农民是梦也不会梦到的。这种生活的对照,在电影院里,只有一楼之隔。

这段新闻片对我的教育意义,比较正片《青灯怨》还大。我想在工农联盟的基础上,农村必会带给城市以朴实,城市也必会带给农村以救助、文化和幸福的。

二十六日(星期日)晴,午后小风。听说郊外草树已绿,约张同志去北站外宁园。园中有小水泊,中有许多游艇,游船与在岸边饮茶的,从服装外表来看,多是昨晚在光明影戏院看《青灯怨》的人们。

不知昨晚,他们有没有和我共同的感想。今天,我很想到那长堤上站一站,吹吹久别的农村原野的风沙。我把那感想同张同志略谈了谈,张同志说:

"你有些观点是不正常的,落后的。玩玩耍耍,滑冰驳船,饮茶谈心,口红糖香,正是生活的正常现象,也就是我们战斗的理想。我们从青年就参加了游击战争的生活,习惯于山峦漠野,号角枪声,勺饮壶浆,行军热炕,其实这都是反常的,都不是我们生活的目的。我们生活的目的,就是像眼前这个样子,康乐富强!"

我想是的,这道理是对的。我们生活的战斗的目的是全体人民的康乐富强,但眼前这样子还不够,例如昨天电影上的农民的生活,离眼前这样子就还很远。天津广大的工人群众,也还需要改善他们的卫生设备。

如果有的同志有些牢骚,有些不开展,那只是说,从这些乡下来人看,眼前这些人,很多还是过去那些不事生产的,而有时,他们乐的更没道理,加强着他们的剥削的,寄生的,丑恶的意识。我们所以不能以眼前的样子为满足,是因为我们还需要继续努力,建设起全体劳动人民的新的康乐富强的生活,在建设过程中,并改造人们的思想,传统的优越感和剥削意识。

一九五○年三月二十五、二十六日

幻华室藏书记序

　　除旧布新,进化之道;喜新厌旧,人性之常。揆之天理人道,有不可厚非者。唯于书籍文物,人则不厌其旧,愈旧则价值愈高,爱惜之情倍切。古今一体,四海同嗜。或废寝忘食,倾家荡产,以事收藏;或终生孜孜,抱残守阙,以事研讨。其中亦自有道理存焉。

　　余于旧籍,知识浅薄,所见甚少。然于六十年代之初,养疴无所事事,亦曾追慕风雅,于京、津、宁、沪、苏等地,函索书目,邮购旧籍,日积月累,遂至可观。不久,三四跳梁,觊觎神器,国家板荡,群效狂愚。文化之劫,百倍秦火。余所藏者,新书、小说及易出手卖钱者,荡然无存。其中旧籍,因形似破纸,又蒙恶谥,虽有贪者,不敢问津,幸得无大损。悼彼灰烬,可庆凤毛。发还之后,曾细心修整,并加题识,已有"书衣文录"四卷。另列幸存书籍草目,以备查寻。然文录所记,多系时事及感想,非尽关书籍内容;草目系逐橱登记,杂乱并无统系。今值清闲,乃就所列书目,及日常浏览所得,分类记其体要、版本,各为短文系之。非敢冒充渊博,不过略述管窥,就教于通达而已。

一九八一年一月七日

题《孔德学校国文讲义》

民族文化之发展，固如万物之生生不息，江河之冲击而前。然统观历史演变，文化之发明与发展，实非易事。破坏之机多，保护之机少。人民文化落后，教育不普及，道德观念薄，皆不利于文化之发展。历代鼎革，受害尤烈。京城荟萃，文物精英，兵灾战祸，首当其冲。农民战争，虽有时有助于文化之改进，然当时领袖，多用愚民政策，驱使群众，于摧毁旧政权之同时，亦毁坏与之并存之文化。新朝建立之后，文化衰弱凋残，不利于政治，乃不得不从一二遗老，传授文化遗产，破壁汲冢，以求书籍。轮回往复，历代如斯。及至晚清，锁国政策破灭，即敦煌石室埋藏数代之物，国家亦不知爱护保存，遂为外人攫取而去。吁，亦可悲矣！

文化之遭遇，亦如万物之有春冬乎？雨露少而霜雪重乎？爱之者稀而忌之者众乎？建设难而破坏易，难怪其进展之缓缓也。烧一书如村妇燎纸，碎一瓶如小儿掷炮，甚至毁一建筑，死一学者，轻而易举，聚众围观，视为快意。而其后患无穷，觉悟其恶果，而思拯救之，则常常为时已晚，不易收拾。因文化实与社会道德紧密相连也。

姜德明同志，于十年动乱之期，文化灰烬飞扬之际，珍重残编剩简，《孔德学校讲义》赖以保存，难能可贵，其用意至善至美！

后　记

　　为一本书命名,比为一篇文章命名,要难一些。一篇文章,在写作之前,成竹在胸;在初稿完成之后,余韵犹在。起个名儿,写在篇首,还容易些。如果是一本书,把一些丛杂的文章,汇编起来,立个名目,就常常使人"一名之立,旬月踟蹰"了。

　　"晚华"二字,本来名副其实,有人嫌其老。我为了酬答这些同志的美意,第二本集子,就取了"秀露"两个字。有人看了又嫌其嫩,说是莫名其妙。

　　确是这样。人老不服老,硬是说七十如何,八十又如何,以及老骥伏枥,焕发青春之类,说者固然壮一时之气,听者当场也为之欢欣鼓舞,仔细想想,究竟不是滋味。

　　因为毕竟是老了,于是这本集子,就定名为澹定。这两个字,见于王夫之的《楚辞通释》。我读书不求甚解,这两个字,从字面看,我很喜欢,就请韩映山的令郎大星同志刻了一方图章,现在又用来作为本集的书名。

其实,就我的体会,凡是文人用什么词句作为格言,作为斋名,作为别号,他的个性,他的素质,他的习惯,大概都是和他要借以修身进德的这个词句,正相反的。他希望做到这样,但在很大程度上,不一定做得到。当然有一个格言,悬诸座右,比没有一个格言,总会好一些,因为这究竟是中国人的一种习惯, 多少还带有一些文化教养的性质。

就用这两个字吧, 其别无深意, 正和前两个书名相同。

其中有一篇短文,题名《王凤岗坑杀抗属》,是旧作,冉淮舟同志从图书馆复制来的。我向读者介绍:我过去写过这样的文章。这样的文章,我现在还能写得出来吗?

一九八一年八月六日下午雨中